女たちが、なにか、おかしい

おせっかい宣言

三砂ちづる

目次

第1章　女たちよ

第2章　本能

第3章　人間の暮らし

第4章　あなたの望んだ世界

目次

第5章　愛することと祈ること

第1章　女たちよ

〝すばらしいお産〟ができなかったって？

帝王切開の出産を経験して、心に傷がついた女性が多いから、ケアが必要です、というニュースをやっていた。

赤ちゃんが元気に生まれることができなかった、とかそういう「出産のアウトカム」が非常に厳しいものであった、という話ではない。「自然な出産を望んでいたのに、それができず、帝王切開によるお産になってしまったので、すばらしいと言われている自然な出産の経験をすることができなかった」、あるいは、「帝王切開で産んだので、周囲から、〝楽《らく》〟をした、と言われた」ために、心が傷ついた、ということである。

覚えのある話である。出産についての講演などをすると、いつも、「自然な出産がいい、と言われて、自然な出産をしたかったのに、わたしはできませんでした。帝王切開になってしまってショックで……」とおっしゃる方が必ずあるからだ。

お母さんも赤ちゃんもそれなりに元気であるが、豊かで満たされて産んだ後にすぐ「ああ、またもう一人産みたい」とか、そういう出産ではなかった、とか、「痛いけれど、宇宙の塵《ちり》になったような感じがした」とか、そういう出産ではなかった、とか、「豊かに満たされて気持ちのいい出産だった」とか、そのような出産を経験できなかった、だからショックだ、ということなのだ。

気持ちはわからないでもない。出産が痛いだけではなくて、すてきな経験だと聞いたから、そういうことを期待していた。だけど、実際やろうとしたら、麻酔をかけられて帝王切開、ということになってしまって、手術によるお産、になったから、そんなすばらしい出産経験にならなかった、というわけだ。

けれども、人生、「すばらしい」と言われている経験をなんでもできるわけではない。自分が望んでいたとおり、期待していたとおりにいかないことなんて、山ほどあり、とくに妊娠、出産、子どもを育てることなどは、そのように、思いどおりにいかないことを受け入れていくためのプロセスじゃないかと思われるほど、思うようにいかない。

だから、悪いけど、あまえたこと言っちゃいけない、と思う。

出産という人生の一大事に、命をかけて臨んで、必要だから、医師にも、助産師にも、病院にも、家族にも助けてもらって、帝王切開という処置を受けて、赤ちゃんは無事で、自分もそういうことを言える程度には元気なのだ。まことに、あまえてはいけない、とわたしは思う。

厳しい言い方かもしれないけど、落ち込んでいないで、感謝すべきなのではあるまいか。執刀してくれた産科医に。つきそってくれた助産師に、面倒を見てくれた看護師に、そして支えてくれた家族に。なにより帝王切開と回復を可能にしてくれた、近代医療の発達と、この国の医療制度に。

「もっとつらい人もいるのにがまんしなさい」などというような言い方をわたしは好きじゃないけれど、あえて言えば、世界には、帝王切開を受けられるだけの医療設備の整っていない地域に住む女性たちも現実にとてもたくさんいる。長く国際母子保健医療の仕事をしてきたから、国際機関や各国政府がどんなに懸命に帝王切開を可能にする緊急産科医療の普及に取り組んできたことかを知っている。〝自然に〟産むと危ない、と判断されたら、緊急医療介入が必要で、その「おかげで」無事に赤ちゃんを抱けることはこのうえもない奇跡なのである。

命をかけて出産したのに、「帝王切開して、〝楽〟な思いをして」なんて言う人が周囲にいるのが問題なら（本当にそんなこと言われるのだろうか、と驚くが）、「そういう心ないことをおっしゃることは、あなたらしくありません」と、それこそ、ぴしゃっと、その場で言ってやりなさい。言い返していい。わたしたちってなんとなく言い返せない。なぜなんだろう。議会で女性であることをふみにじられるような心ないヤジをとばされたりしたら、その場で、「なんてことを言うんですか。ちょっと出ていらっしゃい、そんなこと言っていいと思っているんですか」と、罵倒《ばとう》されようが、もっとヤジられようが、まずは言い返してほしい。一定の人々を代表する議員さんだからこそやってほしいな。

その場で怒る、ってとても大切なことだ。

その場で相手にきちんと自分の感情を伝え、自分が気分を害したことを伝え、相手はそのようなことを言ったのだ、とわかってもらうことで、かえって後をひかずにお互い理解し合えることもある。理解し合えなかったとしても少なくとも、「なにか言うべきだったのに言えなかった」と、その後一人でうじうじと考え悩むことはなくなる。

本当にそういうふうに的確に反応できるようでありたいけれど、なかなか難しくて、その場で言うべきことを言えず、後になって気がついたり、後悔したりの繰り返しなのである。しかし、言うべきことをその場でぱしっと言えるようになることが、女性の成熟だ。

だから、帝王切開をしたことで、あれこれ言うような人には、その場で言い返せば良いのです。命をかけて子どもを産もうとし、それを助けてくれた医療システムがあった。それを、「楽して産んだ」、とはなにごとか、と怒れば良いのである。

ブラジルに十年くらい住んでいて、かの国では強姦《ごうかん》はあっても（あってはならないことだが）、痴漢《ちかん》のことは、ついぞ聞かなかった。バスや人ごみで痴漢でもしようものなら、その場で「この手はなに！　アンタ、そういうことを自分の母親や妹にできると言うの！恥を知りなさい！」とブラジル女性は言い返すだろう。ブラジルにいるとそういうことが言えそうなのだが、日本に戻るとなぜか言えない。それってなんだろう。

女子大の教員をしているので学生と話すことがよくあるが、先日、留学していた学生たちが口々に「留学しているときには痩《や》せたいとか一度も思わなかったし、体重も気にしなかったのに、日本に帰ってくると毎日痩せたいと思ってしまう」と言う。彼女たちはぜんぜん太ってないのだが、日本にいるとみんな痩せたくなる。日本にいると突然できなくなったり、やってしまったりすることがある。このへんのことについてはもうちょっと考えるに値することのような気がするな。

すぐ言い返す、ということがこの国にいるとなかなかできない、と書いたばかりだけど、同時に、「自分の感じていることは口に出してよい」という雰囲気になってきたから、「帝王切開の経験がつらかった」ということをみんな言えるようになっているのかもしれない。そう思えば、まあ、あと一歩なんだろう。

女たちよ。なにが本質的かその場で判断できるようになろう。それで変なこと言われたら、あとでぐちぐち言わないで、その場で言い返そう。わたしもそうでありたい……って六十近くなって言うなよ、と思うけど。


しかしながら、ここでの問題は、言い返す、言い返さない、ということではない。

自然な出産の経験がすばらしいと言うと、帝王切開になった人が落ち込む。赤ちゃんが産道を通る経験をすることが大切だ、とか言うと、帝王切開になって赤ちゃんにそのような経験をさせてあげられなかった、今後子どもの心身の発達に何か問題があったら、自分のせいか、と落ち込む。女性と赤ちゃんが自分の力を使った自然な出産がいい経験だ、というふうに喧伝《けんでん》すると、こういうことになって落ち込む人が多いから、そういう自然な出産がいい経験だ、などという言い方はやめましょう、ということになるのが、問題だ。

できない人がいようとも、人間の本来の産み方、生まれ方は、そもそも苦しむだけのものではなく、身体的な喜びも伴うし、赤ちゃんにとっても大切なことだ。それが人間の本来のあり方である、ということはやっぱり伝えなければならない。

それが伝わってきたからこそ、出産が鼻からスイカを出すとか、ピアノを出す、とかそういうつらいだけの経験ではなくて、自分のリミットを超えるようなすばらしい感覚の得られる身体経験でありえる、ということが知られてきたからこそ、「帝王切開でつらかった」という言い方も出てくる。

そういう経験ができなくて、自分のせいだ、と落ち込むなら、もっともっとラディカルに落ち込んでもらいたい。

自然な出産ができなかったことは、天から降ってきたことではない。自分の若いころからの健康へのあり方と妊娠中の心がけと努力と、そして、自分の環境の整え方のひとつの結果として出産がある。

経験豊かな助産婦さんは、だいたいどういう出産になるか妊娠中しっかりと見ていればわかると言う。日頃から冷えないように心がけ、食事にも気を配り、早寝早起き、目を使わないようにパソコンやスマホばかりいじることはしないで、よく歩き、ぞうきんがけもして、立ち働き、ほがらかに暮らす。妊娠していようがしていまいが、そのような生活の積み重ねこそが「望むようなすばらしい経験としてのお産」への第一歩である、という当たり前のことを、おせっかいなばあさんとしては言わなければならないのだと思う。

わたしのことですか?

はい、子どもを産むころ、知らないことばかりなのに傲慢《ごうまん》なわたしには、おそらくあんなやつになに言っても無駄だろうと思われたのか、なにか言ってくれる年長者もいなくて、パソコンの前でばりばり仕事を続け、からだが冷えるようなことばかりして帝王切開とか、吸引分娩《ぶんべん》とか、子どもたちにご苦労をかけた。そのことを「アンラッキー」と思っていたが、そうではなく、わたしの生活態度に問題があったことを今となってはただ反省しているのだ。もう遅いけど。

若い皆さんはもっと聡明になれる。バカな前の世代は見習わず、先に行きましょう。

フリーセックスと同棲

フリーセックスと同棲。それは、団塊《だんかい》の世代が開いてくれた道だった。

ヒッピーに、フラワーカルチャー。ビートルズに、ウッドストック。ジーンズに、長い髪。それらはベルボトムのジーンズと、底の厚い靴と、フォークギターと、学生運動とともにやってきた。

結婚するまでセックスはしてはいけない、処女であるほうがよいのだ、性交渉というものは、新婚旅行で初めてやるものだ、未婚の男女が一緒に住むなどとんでもない。そのような規範が、団塊の世代が青春時代を謳歌《おうか》し始めるまでは、厳然として存在した。とっても昔の話であるが。団塊の世代は、そのような古びて女性を抑圧するような発想を、次々と、ばきばきと壊していった。小気味《こきみ》よい日々であったろう。

団塊の世代以降、四畳半同棲生活は、吉田拓郎やかぐや姫の歌声とともに若者の憧れるところとなり、結婚する前にセックスしたことがある女の子もあばずれ（死語）とは呼ばれなくなり、下宿した大学生のほとんどは、恋愛すれば、一緒に寝るようになった。

団塊の世代から遅れること約十年、わたしたち昭和三十年代前半生まれが大学生になるころには、この「フリーセックスと同棲」のエトスは、すでに、深く学生のうちに内在化していた。

京都で、風呂なしトイレなしの六畳一間の女の子だけの下宿に住んでいたが、扉が各戸別々にあるような「アパート形式」の下宿であったことと、向かいにラグビー部のたむろする「男子棟」があって、その男子たちとトイレは共用だったこともあって（今思うと信じられない）、わが下宿は、女の子用の下宿であるにもかかわらず、二十四時間男性の出入り自由な場所であった。左隣の同級生は男の部屋に住んでいたため、ほとんど帰宅せず、右隣の同級生の部屋は出入りする男性がときおり変わった。ごく普通のことであった。

なにが言いたいかというと、現在五十代くらいの人にとって、学生時代に恋人とセックスする、とか、同棲してしまう、とか、もう、すでに普通のことになっていた、ということだ。団塊の世代がそういう道を開いたのである。一九七〇年代から一九八〇年代にかけては、本当によい時代だったと言える。戦前戦後、猛威《もうい》を振るった梅毒《ばいどく》や淋病《りんびょう》といった性感染症は、抗生物質の普及で、難なく治る病気となったから、団塊の世代が大学生だったころから、性病の恐怖におびえる必要はなくなったのである。フリーセックスと同棲の時代は、この性感染症の克服、という医学の進歩に担保されていた。わたしたちの世代も含め、よき、若い時代であった。

しかしながら、そのような幸せな時代は長く続かないのである。

一九八〇年代半ばからエイズの時代がやってきた。抗生物質が効かない、死に至る性感染症があらわれたのだ。

一九八〇年代の終わりから九〇年代の初めにかけて、わたしはロンドンにいたのだが、そのころＨＩＶウィルスに感染することは死を意味した。ヨーロッパを代表する公衆衛生校で学んだり働いたりしていたのだが、優秀な公衆衛生研究者はこぞってＨＩＶ／エイズの分野に進出していった。実際に親しい友人のひとりは、ＨＩＶ感染が判明して、目も当てられないほど落ち込んでいた。のちに、亡くなってしまった。

一九九六年の国際エイズ会議で抗レトロウィルス多剤療法が発表されて、ＨＩＶウィルスに感染してもエイズを発症することは防げるようになるまで、まさにこの病気は、死に至る病であったのだ。

フリーセックスの時代は長くは続かなかったはずだった。完治できない性感染症が見つかったのだから。

死に至るかもしれない性感染症が見つかっても、人間は易《やす》きに流れるというか、いったん手に入れた快楽と自由は世代を超えて手放せない、というか、ＨＩＶ／エイズの時代になっても、団塊の世代以前の、「なるべく誰とでもは寝ないようにする」という考え方は復活しなかった。ＨＩＶ／エイズの予防にコンドームを使いましょう、ということはかなりの労力を使って宣伝されたものであるが（今もされているが）、コンドームさえ使えばよいので、フリーセックスは手放す必要はない、というメッセージである、と老いも若きも受けとめた（ように見えた）。

同棲もごく普通のこととなり、いまや、恋に落ちた若い男女が一緒に住むことはごく普通のようで、一緒に住んでみて、それから結婚するカップルの多いこと。フリーセックスと同棲、という団塊の世代がつくりあげたスタイルはいまだ健在どころか、いっそうその裾野《すその》を広げているのではあるまいか。


でも本当にそうなのだろうか。

女の子は誰とでも機会があれば寝てもよいのだろうか。なるべく処女で結婚するのがいい、とか、本当に好きな人としかセックスしてはいけない、とかいうことは、単なるアナクロニズム（時代錯誤《さくご》）と言われるのか。

さる伝統的呪術《じゅじゅつ》の本に書いてあったぞ。

女は寝た男の数だけ、光るヘビのようなものをおなかに飼うことになるのだと。そして、そのヘビのようなものを通じて、女は寝た男たちすべてに自分のエネルギーを与え続けるのだと。

誰も科学的に証明できない、まじないと迷信の世界だ、と言うことはたやすい。そんなバカなこと、あるわけない、と言うのも正しい。でも、じゃあ、フリーセックスと同棲はどのように科学的にすぐれているのであろうか。光るヘビも、フリーセックスでよいという発想も、どちらもおとぎばなしのようなものではないか。

しかしながら、わたしは妙に納得してしまったのだ。女は一度寝た男にはエネルギーを与え続ける。うわあ、ひょっとしてそうかもしれないぞ。団塊の世代以前の「女は身持ちは堅く」なんていう考え方を男尊女卑《だんそんじょひ》、女性の性の抑圧、とか言っちゃってよかったのだろうか。ひょっとしたら、それは女性蔑視《べっし》ではなく、〝呪術的発想〟に基づく女性保護であったのだ、と言えなくもないんじゃないのか。

笑いたい人は笑え。しかし、わたしはちょっと笑えなかったのだ。

たいへんなおせっかいだろうと思うし、おまえはちゃんとそのように行動してきたのか、若いころにそのように行動ができてないやつがあれこれ言うな、と言われるかもしれないが、あえてそこのところは若い過ち、と、いったん横に置かせてもらいたい。

若い女性たちよ、あまり簡単に男性と寝てはいけないのではあるまいか。

寝た男性には、応分のエネルギーを与えている、って言われると、なんとなく納得しないか？　だいたいいったん寝た男のことは、その後も気になる。その「気になる」だけで自分のエネルギーを分け与えているのかもしれない、と思ってごらんなさい。望まない妊娠、とかそういうタイヘンな話の前に、寝ているだけで、そんなやつに分けてやることないエネルギーを与えているのだ。

自分を大切に、とか、誰とでも寝るんじゃない、とか、本当に大切な人に会うまでは寝ないほうがいい、とかいう〝性感染症の時代〟の教えはひょっとしてものすごく大事なことだったんじゃないか。

団塊の世代が後の世代に残してくれたものってたくさんあるし、その多くはよきものであったのだが、このフリーセックスと同棲が本当によきものであったのかどうか、わたしは自信がなくなってきた。

そうは言っても、再度書くが、いったん手にした自由をわたしたちは誰も手放す気にはなれないのであるが。

男は弱い……

大きな病院に行くと、年配の「カップル」がたくさんいる。

八割がた、おばあさんのほうが、おじいさんの車いすを押している。あるいはおばあさんがおじいさんの手をひいて、連れている。女性のほうが平均余命が長いのだから、当たり前と言えば当たり前である。それにしても、女性のほうが男性を世話している、という状況が圧倒的に多いのにいつも驚く。

男性にとても優しく介護されて車いすに乗っていたり、世話をされたりしている女性もいるが、正直、すてきな光景だなあ、とぼんやり見てしまったりする。

いや、そういう女性はきっと、献身的に男性の人生を支えてきた優しい人だったんだろう。男性のほうも、あんなによくしてくれた妻が具合が悪くなったんだから、と、恩返しも含めて、調子を崩した妻に尽くしているのだろう。

ようするに、人生は自分がしてきたことの反映なのである。

いや、世の中の妻の皆様は、「たとえ自分が具合悪くなっても、あんなに気もつかない、不器用なうちの夫に面倒見てもらうくらいなら、つきそいなしで自分で入院してしまったほうがよっぽどいい。自分は介護はしても、介護されることだけはごめんこうむりたい」と思っている方も少なからずおられるにちがいないことも、想像に難くないのであるが。

特別養護老人ホームなどの高齢者の施設でも、とにかく「おばあさん」が多くて「おじいさん」は少ない。行ってみればわかるが、圧倒的に女性が多い。

小規模で家庭的な雰囲気で認知症の高齢者のケアを担っているグループホームの単位は九名である。九名の方を一単位としてグループホームができていて、小さなお家のようなところで穏やかな暮らしをしておられるところが多い。

ある経験豊かなグループホームの経営者によると、この九名の黄金比は「七対二」なのであるという。つまりは七名が女性、二名が男性、という割合が一番運営しやすく、穏やかな雰囲気になりやすい、というのだ。

男性がたった一人だと「ハーレム状態」になってしまうので、あまり望ましくなく、男性が三人以上になると、派閥ができて、男たちがいがみ合い始めるらしい。男が二人、そのまわりに女たちがたくさん、という状況は、一番穏やかで感じのよいグループホームをつくりやすいのだそうだ。

とはいえ、その「二人の男性」の確保がなかなかたいへんなのだそうである。男性が認知症になったら、妻に面倒を見てもらうことが多い、ということもあるのだろうが、とにかく、長生きするのは女性が圧倒的に多い。施設に入りたい女性はたくさんいるけれど、男性入居希望者は少ない、と介護現場の方は実感として感じておられる。

それはわたし自身の少ない実際の経験とも合致する。義理の母は認知症を発症して二十年以上、寝たきりの状態になって十年以上生きた。

特別養護老人ホームでお世話をしてもらっていたが、車いすで身体を起こして、食事を口まで運べばしっかり食べることができて、亡くなる少し前まで三食ちゃんと食べていた。いつ会いに行ってもお肌はぴかぴかできれいで、食欲もあった。誤嚥《ごえん》性肺炎、という、食べものが気管に入って肺炎を起こす、という寝たきりの老人にはよくある肺炎を起こしたこともなかったし、腸閉塞《ちょうへいそく》も起こしたことがなかった。二〇一四年に九十三歳で亡くなったが、本当に最後までしっかり食べられていた。

実の父も認知症を発症したが、まだ受け答えは十分にできるころに腸閉塞を起こしたために入院して寝たきりになり、退院してものを食べたら、今度は誤嚥性肺炎を何度も起こし、寝たきりになってから半年ほどで八十五歳で亡くなった。

男はあっという間に死んでしまう、と、思ったものだ。身近な例だけ見ても男のほうが弱い。

　とにかく、男のほうが具合が悪い。男のほうが早く死ぬ。男のほうが病気になりやすい。

　低体重の赤ちゃんが生まれたときも、女の子のほうが生き延びる確率は明らかに高い、と新生児科医の友人は言う。

　乳児死亡率を見ても明らかに男の子のほうが高い。人類の生存のために、まずは女がたくさんいなければどうにもならない、という生存上の理由にかなう事実だと思うが、赤ちゃんや子どもは男の子のほうが病気にかかりやすく、死亡率も、女の赤ちゃんを喜ばない社会でないかぎり、男の子のほうが高いのである。

　さらに、男としての「ライフ・スタイル」が拍車をかけていく。

　大人になってからのことを考えるとよい。たばこに、お酒に、とんでもなく多忙な社会生活に、ストレスある人間関係。食生活などかえりみず、身を粉《こ》にして働かねばならない。

　いや、働くことができるなら、それはそれで幸せかもしれない、というような世の中になってしまって、働くことすらできなければ、それはさらなるストレスとなって男性の身にふりかかる。「健康リスク」と呼ばれるものに、明らかに男性のほうがさらされている。よって生活習慣病にもなりやすい。

いやなことがあったら「女子会」でもやって、ぱーっと忘れちゃいましょう、みたいなストレス発散も男はやりにくい。どんどん心身ともに病気になっていく。だいたいどの国でも、主な生活習慣病の罹患率《りかん》は男性のほうが高く、平均余命は男性のほうが短い。

それに、service utilization と業界では言うのだが、「ヘルスサービスの受診」の割合も世界中で、男のほうが低い。こちらも皆さん、生活の実感としてあると思うが、女性のほうが「あら、具合悪いわ、ちょっとお医者さんに診てもらおうかしら」ということを気軽にできるのである。

世界的に見ると、女性のほうが、妊娠したときに妊婦健診とか、産後健診とかに行き慣れているので、こういうヘルスサービス利用に関してバリアーが低く、ちょっと具合悪かったらすぐヘルスサービスを利用するようになりやすいのだという。男はちょっとくらいのことで医者には行かない。世界的にそうであるらしい。

わたしは長く、「母子保健」の研究をしてきた。そのなかでとりわけ女性の保健、について仕事をしてきたし、開発途上国と呼ばれる国で、女性の健康を高めるために、仕事をしてきた。妊産婦死亡率はどうやったら低くできるか、とか女性の健康をどのように向上させるか、とか考えてきたし、WHO（World Health Organization：世界保健機構）だって、いろいろな戦略を出して次から次に女性保健向上のために尽力していた。

しかし、はっと気づくのである。

もちろんまだまだ女性の健康についてやらなければならないことも多いし、世界では悲惨な状況もあるわけだが、数値だけ見たら、女性は男性よりずっと長生きもするし、健康だし、病気にもかかってないじゃないか。女性の保健について尽力するのは大切だけど、男性はどうなっているのだ……。

男性の保健、男性の健康、について真剣に取り組もうとすると、それはとりもなおさずたばこ、アルコールの飲用にも関わるし、それよりなにより、男性の働き方、現在の労働と産業構造のありようを変えることに切り込まざるをえない。

そんなことは、とてもできないから、まず女性の健康、からやっていたほうがいいのかな、それが世界的合意だったのだろうか。

それでよかったのだと思うけど、本当にそれだけでいいのだろうか。

まわりでどんどん病気になっていき早死にしていく男たちを見ていると、あんまり男の人をいじめてはいけないのではないか、大切にしてやらなければ、と思ってしまうのである。

ジュネーブで「国境なき医師団（Medecens San Frontieres：ＭＳＦ）」関係の友人たちを訪ねた。いまやノーベル賞も取り、世界的に知名度の上がった「国境なき医師団」。国際保健医療協力の業界でも老舗《しにせ》になりつつある。もう還暦もほど近いわたしがこの国際協力業界に関わり始めたころ、「国境なき医師団」は新進気鋭の非政府組織だった。

もともと国際協力業界の非政府組織というのは、宗教系（当時はおもにキリスト教系）やチャリティーが母体になったものが多くて、いわゆる「政治色」というか、ポリティカルな主張を前面に出したグループはそんなになかった。政治色がないからこそ、緊急援助や国際支援に乗り出せる、というスタンスであったと思う。

ところが、フランスの五月革命世代（まあ、日本で言えば団塊の世代ですが）が中心になって立ちあげた「国境なき医師団」は、最初から政治的意思を明確にしてこの業界で活躍し始めたグループのように見えており、実際その政治色ならではの難民支援や、ＨＩＶ／エイズ、必須医薬品などに関する働きはめざましく、もちろんそういうことでノーベル平和賞も取ったのである。

日本のMSF支部もできてファンド・レイジング（民間非営利団体が、活動のための資金を集める行為の総称）と人材リクルートをやっているようだが、活動の内容を具体的に決めているのはいまだにパリやジュネーブやブリュッセルのMSFであるらしい。ジュネーブでMSF創成期のメンバー一五、六名に会った。みんな、いいじいさんばあさんになりつつもエボラ出血熱対策の最前線に立っていたりして、よくがんばっている。

自分も含めて、この世代が育てた子どもたちが二十代を越えていて、その世代がパーティーを企画して親世代を呼んでくれるようになっているし、医師や助産師をめざして自分たちもMSFをはじめとする国際保健医療協力に関わろうともしている。名実ともに次世代が育ちつつある。

MSF創成期のメンバーのひとりである友人は、今もMSFに関わりつつも、スイス・コーペレーションという、日本で言えばJICA（Japan International Cooperation Agency：国際協力機構）みたいなところで給料をもらう仕事をやっている。もう五十代後半だから部下をたくさん使うポストにいる。

そこで三十代そこそこくらいの部下から「マダムはBBCですからねえ」と言われるそうである。

ＢＢＣ？　英国国営放送？

それ以外には、聞いたこともなかったんだが、ＢＢＣとは、Born Before Computer、つまりは「コンピューター個人使用が広がる前に生まれた世代」のことであるらしい。

二十代半ばの息子にその話をすると、「パソコンもインターネットもない時代にどうやって生きてたの？」と真剣に目を丸くされた。はい、われわれはＢＢＣである。生まれたときにパソコンはなかった。恋する思春期、青年時代にもパソコンはなかった。メールとインターネットが登場したころには、もう壮年期をむかえていて、産んだ子どもの何人かが周囲を徘徊《はいかい》しているような年齢であった。

若いころ、われわれは対面関係と、お手紙と、かろうじて電話とだけで恋愛をした。電話も家の黒電話であり、思いを寄せる人が電話を取ってくれる可能性はほとんどなく、コワそうなお父さんや、優しげなお母さんなどが電話に出たりすると、思わず一言も発せず受話器を置いたりした。黒電話には相手の電話番号表示などというシステムはなかったから、そんなことをする余裕もあった。

とにかく、対面で会う以外には、瞬時に思いを伝えたりする方法などもとよりなかったのである。会えない時間に想像をふくらませたし、恋愛関係が始まってからは、遠方から、あるいは海外から、一分の電話料金を気にしながらかすかに声を聞くことに満足したりした。こんなことはいまや、単なる老人の思い出話である。

女心、というのは切ない。

いつだって連絡を取りたい、いつだってこの人のことを知りたい、いつだって一緒にいたい。そういうものである。メスなんだから、しかたない。一緒に子づくりをしてくれる人を、常に側《そば》に置きながら安心して子づくり、子育て、したいのだ。

え？　あなたは、子どもはいらない？　つくる気もない？

すみません、でも、ほかならぬ次世代をつくる本能のありようこそが、わたしたちを恋愛に駆《か》り立てるのです。だから女が男にむかうのは基本的に子づくりの欲求なのでありま す……すみません、このへんにしておきますが。やっぱりわたしたちは本能から自由ではない。とくに女は。

ようするに女というのは「女々しい」。

男よりずっと恋愛にこだわる。女なんだから当たり前だ。女は男のことばかり考えてしまう。男は違います。女のことを、ずっと考えてません。おおよその男は、人生の九割五分は遊ぶことしか考えてません。おおよその「仕事」と呼ばれているもののほとんどは大いなる遊びでしょ？　人生をかけて人生の意味を見いだすための高尚な遊び。

人間が続いていくことに必要な基本的な衣食住子づくり子育てを支えるための本来の仕事はだんだん影が薄くなり、社会の複雑さの一翼《いちよく》を担い、生の原基とは敵対する高尚なお遊びにみんな夢中なのである。それをどうこう言うつもりもない。それなしにわれわれが生きていくことも難しいし。

でもまあ、言いたいことは、女はそういう「高尚」なお仕事をしていようがいまいが、恋をするや、男のことばかり考えている（わたしは違います、という方のご意見を妨《さまた》げません）。

「女々しい」女にとどいた、このコンピューターとそれに伴う「メール」、そして、進化して「LINE」に「WhatsApp」「Skype」などは、恋愛のあり方を変えただろうなあ、と、文字どおり老婆心ながら思う。そんなものがあったら、「女心」は簡単に「執着」に変わってしまう。

いつでも連絡が取れる？　ならば、取るしかないだろう。

朝に昼に晩に連絡をして、その連絡に返事がないと、天国と地獄みたいなアップダウンを繰り返す。おはよう、と言いたいし、おやすみなさい、と言いたいし、今日も明日も愛していますと、と言いたいではないか。わたしの愛《いと》しい人は何をしているのか知りたいではないか。

世界の裏にいても、「Skype」をつけっぱなしにしていれば、相手の家での様子までうかがえてしまう。お金かからないんだもん。二十四時間できてしまう。女々しさに女々しさが上塗りされ、男まで女々しくなってしまいそう。

BBCでよかった、と思うのは、若くて、生殖時代にあって、なんとか男をゲットしようと恋に燃えているような年代のときに、「LINE」とか「WhatsApp」とか、なかったことである。依存症体質のわたしは、それらのSNSのとりことなり、ほんとに一日中なんにもせずに、恋しい相手との連絡だけ取ろうと二十四時間考えてしまったにちがいない。

ほんとに、今、若くなくてよかった、と思うと同時に、今の若い人の置かれている切羽《せっぱ》詰まった恋愛状況がうかがわれて、心配で気が気でない。

だが、心配なのはわたしがそのようなバカな若い女であった、というだけで、今の若い男女はきっとこれらのSNSを使いこなし、聡明に生きておられるのであろう、おそらく。

しかしながら。

悲しいかな人間は特殊な進化を遂《と》げてしまったため、生殖時代が終わってしまっても恋愛だけくらいはできるらしくて、特別養護老人ホームまでも恋愛沙汰《ざた》は続くのである。生殖時代ほどに子づくり本能にドライブされてはいないから、激しくはないかもしれないけど、晩年を豊かに過ごしたいとかいう妙なイデオロギーとともに老年恋愛も世間的認知をみるようになったから、BBC世代もSNSで恋愛するようにならないともかぎらない。

はまるんじゃないぞ、見苦しいから。

よけいなおせっかいですけど。自戒は、こめている。

女子大の役割

女子大の教員をしている。女子大学は、昨今、あまり人気がない。しかたないと思う。女子大学、女子だけで学ぶ大学。あまりのアナクロニズム、と言われてもしょうがない。幸い、そんなふうに面と向かってはっきり言う人はあまりいないのだけれど。

そもそも世の中は男女共同参画、ということで、男性も女性も同じように、平等に、社会で活躍できるように、ということになっている。

そういう時代なんだから、教育の現場、ましてや大学で男女別学にすることに積極的で肯定的な理論的枠組みを見いだすことは、ほとんど不可能なのではあるまいか。みんな一緒に勉強して、みんな一緒に活動して仲良くなって、切磋琢磨《せっさたくま》するのがよい、ということにしか、ならないと思う。

日本の多くの女子大は、もともと裁縫学校とか花嫁学校的な学校だったものが大学になったか、あるいは、セブン・シスターズと呼ばれるアメリカの伝統ある女子大をモデルにしているか、のどちらかであることが多いようだ（女子医大とか女子栄養大学とかはどちらの範疇《はんちゅう》にも入らないのかもしれないが）。

セブン・シスターズ、というのは、もともとアメリカのアイビー・リーグと呼ばれる名門大学が男しか入れなかったためにできた女のための大学であるらしく、すべて、専門というよりは教養を身につけるリベラル・アーツ・カレッジであり、レベルも倍率もおそろしく高い。とはいえアイビー・リーグの大学もあいついで女子を受け入れるようになっていったから、セブン・シスターズの一角、ヴァッサーやラドクリフは共学化したというが、それでもヒラリー・クリントンの出たウェルズリーとか、バーバラ・ブッシュの出たスミスとか、わが職場の創立者、津田梅子の出たブリンマーとかは、女子大として健在である。

日本の女子大も共学化したところがないわけではないが、それなりの偏差値を保っていたところはほとんど女子大のまま継続している。アメリカの女子大のことはわからないけれど、日本だけを考えてみても、いっときこの国を席巻《せっけん》したフェミニズムの勢いからすれば、よくつぶれないで今まで残ったものだ、とあらためて思う。

この国独特のマルクス主義フェミニズムをベースとする〝フェミニズム〟の最盛期は九〇年代であったようだ。わたしはその間ずっと日本にいなかったので、肌の感覚としてはわからない。長く暮らしたラテンアメリカのフェミニズムは少し違っていたから、長く海外にいて帰国した二〇〇〇年、わたしはいろいろ違和感を感じたけれど、どちらにせよ、この国の独特の〝フェミニズム〟の勢いは、そのころには、最盛期のものではなくなっていたと思う。

それはともかく、この国の〝フェミニズム〟最盛期のときに、よくも「女子大をつぶせ」という議論にならなかったものだ。

冷静に理論的に考えれば、どう考えても、「女子だけの大学」などは、ないほうがよいに決まっている、これこそが女性抑圧の温床《おんしょう》である、ないほうがいい、と、女子大つぶしに奔走なさる方があっても、おかしくなかった。

しかし、そうはならなかった。

むしろ女子大は、「抑圧された女性をエンパワーメントする拠点」「男と一緒にいたらリーダーシップをとれないから、女だけの中でリーダーシップの涵養《かんよう》につとめるのがよい」などという文脈で語られていたようだ。実際に某国立女子大学は、〝ジェンダー研究〟の拠点となっていったし、東京の女子大の学長が集まって「リーダーシップづくり」などということが話されていたことも記録にある。

しかし、そのようなことがフェミニズムの時代の女子大の存続理由であるとすれば、これはもちろん矛盾のうちの存在、ということにほかならない。

抑圧された女性のエンパワーメントの拠点、というならば、その目標は、そのような拠点がいらなくなるほどに女性が抑圧されなくなることだから、「そんな学校はなくなることが理想」ということになる。リーダーシップの涵養は「抑圧されている女性だけの中でのリーダーシップをとる練習」じゃなくて、男性と切磋琢磨される中で生まれるものにちがいない。

そういう理由で「女子大学」を生き残らせるのはおそらくもう不可能なのだ。

それでも女子大学がここまで生き残ってきたのは、どのような思想信条をもっていようが、女子大学を卒業した卒業生たちが、「ここはよき学びの場であり、この環境をなくしてほしくない」と願っており、働く教職員たちがそれぞれの学校に独特のよさを感じていたからではないのか。

女子大学。現実に日本にまだたくさんある。十八歳人口の減り続ける受験シーズンをむかえ、どの大学も苦戦しているのではないかと思う。わたしの職場、津田塾大学も小さな女子大であり、なかなかたいへんである。東京は二三区のはるか外側、小平《こだいら》市にある小さな女性だけのための大学、いくら日本最初の女子留学生、津田梅子女史が創立した女子英学塾が母体になっており、数多《あまた》の日本の「女性初の×××」という職業人を生み出してきた学校とはいえ、都心の総合大学志向の女子高生たちへの求心力は足りないのだ。

自分の職場をほめるのは文字どおりの自画自賛なので気恥ずかしいところもあるのだが、自分の職場、はわたし自身とは違うし、わたしがつくった学校でもないので、ほめても許されると思う。津田塾、というのは実によい学校である。娘がいたら入れたい学校だったが、息子たちしかいなかった。

まず、教職員が学生のことを立派な人たちだと思っている。この学校では、文部科学省とか経営側とかとの意思疎通《そつう》はなかなか難しいとか、執行部がどうだこうだ、とか、文句言う人はいても、学生が「勉強しない」とか「レベルが低い」とか「アホだ」とか言う人はいない。いや、何人かはいるかもしれないけど、誤差の範囲である。教職員が、学生たちはみんな立派だ、エライ人たちだ、よくがんばっている、と言う。そう言われていると、立派でエラくてよくがんばる人になるのだ。

一昔前の津田塾は「女の東大」とか言われていて偏差値も高かったし、難しかった。そのころと比べると第一志望で進学してくる人も減った。しかしそれでも卒業するころには、本当に自分の言葉で語る、瞳の静かな、立派な人たちになり、本人たちも、本当にいい学校だった、津田塾にきてよかった、と言ってくださる方が多い。教職員のなによりの喜びである。しかし、このすばらしい津田塾も、十八歳人口減少に伴い、学生を集めることに苦戦している。ここは津田塾のみならず、女子大の、エンパワーメントとかリーダーシップとか以外の新しい役割について考えるべき時期にきているのだろう。

あらためて思うのは、男を意識しないですむ安全な場所で自分自身とのつきあい方についてゆっくり考えられる場所としての、女子大学のあり方である。

若い女性はなかなかにきつい時間を過ごしていて、摂食障害や食べ吐きは珍しいことでもなくなり、精神的に厳しいところに追いつめられる人も少なくない。大学を出て、それこそ男女共同参画、で働き始めてから、精神的に追いつめられてしまったり、母親になってから摂食障害に陥ったり、けっこうな年齢になってからやっと生殖ライフについて思いをいたして、その遅さに愕然《がくぜん》としたり、そんなことができるだけ避けられるように、少人数教育の中、なんとかゆっくりよい時間を過ごせてもらえることを「売り」にできる場所であることしか、女子大学の生き延びる道はないように思うのだが、いかがなものだろう。

第2章　本能

「股に布」怪談

「おむつなし育児」、なる研究をしている。

赤ちゃんは排泄《はいせつ》を感知できないのである、と決めて、ずっと赤ちゃんには紙おむつをトイレとして使い、おしっこ、うんち、をえんえんと紙おむつにしてもらう、というタイプの子育てが現在の主流である、と言える。しかしながら、これは所詮《しょせん》、「紙おむつ」が開発されてからのほんの数十年前に、ある特定地域に住む人類に広がった考え方にすぎない。

もともと、「濡れてもさらさら」などという、〝恐ろしくも便利な〟品が開発される前、人間は、赤ちゃんを腕で「ささげ」(腕の真ん中に赤ちゃんを安定するように抱いて)たりしながら、赤ちゃんをなるべくおむつの外で排泄できるように補助していたものである。

ときどき布を股に当てていたけど(布おむつという)、洗うのもたいへんだし、できるだけ、おむつの外で排泄できるようにしていた。落語などで出てくる、縁側で「シーシートートー」、という風景であり、今だいたい五十歳以上の人には、記憶にあるのではないか、と思う。

まだ「濡れてもさらさら」という、もう一度言うけど、〝恐ろしくも便利な〟石油製品の恩恵にあずかれない人類の三分の二は、だいたいが「シーシートートー」、しながら赤ん坊を育てているのである。「おむつなし育児」の研究、というのは、まあ、そのやり方を、しつこいけど、〝恐ろしくも便利な〟石油おむつに席巻《せっけん》される日本の皆様がいま一度思い出すのも悪くないのではなかろうか、ということについて調べる、という、まあ奇妙な研究である。

世の中、奇妙なことは、けっこう面白いことが多く、「おむつなし研究」班には、実に興味深い話がいろいろと集まる。

おむつなし育児、という、赤ちゃんにできるだけおむつの外でおしっこ、うんちさせてあげましょう、そして、それって難しくないですよ、楽しいですよ、というやり方をしていると、赤ちゃんのおむつはだいたい一歳半くらいで必要なくなることが多い。そこで、あるお母さんが言っていたことが今も忘れられない。

彼女は、気づいたときはおまるやトイレで赤ちゃんにおしっこ、うんちをさせてあげていたので、一歳半くらいのときには子どもは親におしっこ、うんちを知らせるようになっていた。だからおむつはもう必要ないのだが、二歳くらいになってもときどき、失敗する。まだ小さいのだから、失敗することもある。当たり前である。

しかしながら、彼女は、はっと気づいた。子どもにパンツをはかせると、おもらししやすい、と言うのだ。

子どもが二歳くらいのとき、夏だったし、家では子どもをすっぽんぽんにすることもあった。ようするに女の子なのでワンピースっぽいものを着せて、パンツをはかせないことがあった。そうするとおしっこするときは、自分でおまるに行って、おしっこしている。ところが、パンツをはかせると（おむつでもトレーニングパンツでもない、普通のパンツ。子育てママの間では「お姉さんパンツ」と呼ばれている）おもらししてしまう。なぜだかわからないが、そうなる。彼女は思い切って、その夏、子どもにパンツをはかせないでずっとすっぽんぽんにしてみた。そうすると、すっきり、排泄が自立してしまった、と言うのである。

「この、布一枚、あるだけで、なにか気づけないというか、感覚にフタがされるというか、なんか、わからなくなるみたいなんですよ。ずっとすっぽんぽんにしていたら、まったくおもらししなくなりました。それからしばらくすると、すっぽんぽんじゃなくても、パンツはかせても、おもらしすることもなく、大丈夫になりました。排泄が自立するかしないか、という時期に〝布一枚〟あると、どうも感知できない、っていうのがあるみたい」

というのが彼女の観察だった。

慧眼《けいがん》ではあるまいか。

「布が一枚ある」だけで、人間の排泄感知能力が、ある時期には、落ちる、ということである。

パンツという布が一枚あれば、能力が落ちるのだから、〝恐ろしくも便利な〟紙おむつのような分厚いものをずっと股につけていて、濡れてもさらさらだから、自分の排泄物の固形化したものも、ついでにずっと股につけていたら、子どもたちはいつ自分の排泄感知能力を発揮できるようになるのか。


しかしながら、この本を読んでおられる皆様の中には、赤ん坊を育てている方はそんなにはいないかもしれないから、赤ん坊とおむつの話は、今はここまでにしておこう。そう言いながら、そのうち手を替え品を替えてこの話を再開すると思うけど。

今日、ここで、申し上げたいのは赤ちゃんとおむつの話、というより、「お股になにかぺったりくっつけていることは、なんらかのからだの感度を下げている」（らしい）ということである。まだまだわからないことがたくさんあるのだが、股に一枚、布があるとないとでは、ずいぶんと違うらしい、ということだ。

おそらく、たいへん敏感な生と性の根源である股になにかぺったりくっついていることは、ほんとはとても気持ちが悪いことなのだ。

気持ちが悪いけど、気持ちが悪いなんてずっと思っているとつらいから、自然と「気づかないふり」をするようになる。つまりは、お股の感度を下げて、パンツやらパンティやらブリーフやら、という環境に適応するのだ。

人類の男女に股に布がぺったりくっついている下着が普及してから、まだ数十年くらいしか経っていない。調査結果とかないと思うけど、こちらもまだ、人類の三分の二くらいは、股に布がぺったりくっつく下着はつけていないのではあるまいか。日本だって、きものしか着ていなかったころは、下着は腰巻きとかふんどしとかいう類《たぐ》いのものをつけていて、お股に布がぺったりくっついてはいなかった。

そして今やとくに女性たちは、お股に布がぺったり、どころではない。けっこうな割合で、下着のみでなく、パンティライナーとか尿漏れパッド的なものを常に下着にくっつけることが普及している。

今を去ること、約二十年前、一九九六年に、現場の産科医の先生から「産後の女性や高齢女性にはよくある〝尿漏れ〟が二十代、三十代、といった若い女性にも増えている」という危惧を直接聞かされたことがある。そのとき、そのドクターは確かに驚いていたし、聞いているわたしも驚いた。そしてそのころ、スーパーマーケットの生理用品売り場に、尿漏れパッドなどは売っていなかった。まだ目につくほどには商品化されていなかったのだ。

二〇〇〇年を過ぎるころには、尿漏れパッドが生理用品の隣に一種類くらい並ぶようになった。そして今や、はっと気がつくと、「吸水パッド」として、どの生理用品メーカーも、大きさから厚さからいろいろな種類を取り揃えている。この二十年弱で、尿漏れパッドはこんなにもみごとに商品化されていくほどに必要とされるようになったのだ。

今や少なからぬ女性が、生理中は生理用ナプキンを、生理中でないときは、パンティライナーとか吸水パッドとかを身につけている、ということか。更年期に生理があがってしまったら、高齢にむかうころだから、尿漏れも増えていっそう吸水パッドが必要とされるということか。そのうち本当におむつ使用になってしまうのか。

たった布一枚で、幼い子どもの排泄感知能力は大きく左右されるということが観察されている。そういうことを知ると、この女性たちのお股に終始パッドがくっついていることが気にならざるをえない。

本当に大丈夫なのか、こんなことしていて。

わたしたちは気づかないうちに、想像もつかないくらいの多くの能力を失っていくのではないのか。

それは夏の夜の怪談より恐ろしいような気がするのはわたしの杞憂《きゆう》か。そうでないことを祈るのだけれど。

完璧な意志

母子保健の仕事をしているから、出産のことは馴染《なじ》みがある。仲良しの助産師さんもいるのでよく話を聞く。赤ちゃんってお母さんのおなかにいるときから、いろんなことがよくわかっているんだなあ、と思うことが本当に多い。

お父さんがどうしてもお産に立ち会いたい、と言っていて、お母さんのほうもぜったいお父さんに立ち会ってもらいたいと思っていると、ちゃんと赤ちゃんはお父さんの出張からの帰りに合わせて生まれてくる。

この日は、いろんな意味で都合がよくて、手伝ってくれる人もいるから、と思っているとその日、そのあたりの時間に生まれてくる。そんな話はいくらでもあるらしく、出産業界の方には、こんなことは、珍しいことでもなんでもないらしい。

他人事《ひとごと》ではなく、うちの息子もそうだった。

もう四半世紀も前のことになるが、わたしはブラジルは北東部（ノルデステという）のいなかの大学病院でお産をすることになっていた。お産のシステムは日本と違う。当時のブラジルに助産婦の制度はなく、ブラジルの〝中産階級〟女性には、だいたい「かかりつけ産婦人科医」という人がいて、その人にお産も婦人科系のトラブルも診てもらう。

そういう先生は普段は外来のプライベートのクリニックにいるから、いざお産、とか手術、ということになると、設備のある大学病院や公立の大きな病院を借りて、お金を出してその先生に来てもらって、担当してもらう、ということになる。今で言うオープンシステムである。

わたしのおなかの赤ちゃんは逆子《さかご》で、臨月になっても頭が下にはならない。それでなくても帝王切開大国のブラジルなので、当然、逆子であるだけで帝王切開適用となる。かかりつけの産科医、マルビオ先生は「帝王切開になるけど、陣痛が起こるまでは待ってからにしようね。最後に頭が下になることもあるし。まあ、おそらく帝王切開だろうから、メスを研《と》いで待ってるよ。でも、水曜日だといいなあ。水曜日だとぼくは大学病院に、もともと当直に行っている日だから、きみはよけいなお金を出さなくてもよくなるんだよね」と言った。

つまり、わざわざお金を出してマルビオ先生を呼ばなくても、先生は病院にいるから、余分なお金を払わなくても帝王切開を執刀してあげられるよ、と言ってくれているのである。まあ、ブラジルの医療システムは複雑なのでここで長くは説明しないが、ようするに「水曜日に生まれてくれれば、出産に関わる費用がものすごく安くてすむ」という状況だったのだ。

　わたしの長男は、この会話をはっきりと聞いていたかのように、ぴったり、水曜日に生まれることとなった。ちゃんとマルビオ先生の言葉、聞いてたんだ、なんと親孝行な息子だ、と思ったものである。


　義理の母が死んだ。二十年以上認知症をわずらっていてもう十年近く発語もなく、ほとんど寝たきりだったというのに、なにもかも完璧で、なにもかも彼女のコントロール下にあるような、あまりに見事な逝《い》き方をした、義理の母、九十三歳、死因、「老衰」。愛する息子のそばで、頬をなでられながら、息を引き取った。そばにいたけれど、すべての息子の母はこのようにして看取《みと》られたいのではないか、と思うような最期だった。

　義理の母の愛する息子は長患いしていて、調子がよくなかった。六カ月間、自分だけで電車に乗ることができなくて、息子は一人ではちょっと遠い施設で過ごしている母に会いに行けなかった。ときおり車でわたしと一緒に行っていたのだ。ところが、ある火曜日、息子は母のところに一人で行けるくらいに元気になって、半年ぶりに一人で電車に乗ってお母さんに会いに行き、「お母さん、もう、がんばらなくていいよ」と言ってきたのだという。そこで、お母さんはもう、がんばらないことにしたみたいだ。今なら息子もけっこう動けそうだし、葬式もしてもらえることであろう。数カ月前ならちょっと難しかったけど、今なら、自分の葬式をちゃんとしきってくれるだろう。だから、今、しかない。

長患いしているため、夫の髪はわたしが切っている。数カ月サボっていて夫の髪はだいぶ伸びていた。伸びているのに、わたしが一日ぼんやり家にいるときでないと、髪を切ってもらえないなどと言う。

お母さんのところに一人で行ってきて「がんばらなくていい」を言った火曜日の翌々日、つまりは木曜の朝、職場に行かなくてもよい日だったので、わたしは彼の髪を切った。続いてわたし自身も近所の美容院に出かけ、ふたりとも周囲から見れば大差ないものの、自分たちとしては「ちょっと外見がマシ」な中年夫婦となった。

身だしなみもそれなりに整った、と思っていたら、それを待っていたかのように、ちょうど昼時の十二時、義母のいる施設から電話が入り、脈がうまくとれず、血圧をほとんどはかれない状態だという。急いで車で義母のいる施設にむかった。

家から施設まで道が空いていても一時間半はかかる。間に合わないだろうな、と思った。血圧がほとんど測定できないというのだ。死に目には会えないか、と覚悟しながらむかったのだが、到着してみると、義母は長くお世話になった特別養護老人ホームの個室に移され、静かに息をしていた。容態が急変するようなことがあっても、もう救急車を呼んだり、医療的な対応はしなくてもよい、という「約束」を施設としていたから、部屋は医療スタッフも福祉スタッフも誰もいなくて、わたしたち夫婦と義母だけが残された。

静かに過ごすこと、一時間ちょっと、夫に見守られて、文字どおりだんだん息が浅くなり、あれ、もう、息をしていないね、という感じになって、文字どおり、息をひきとった。とくに大きな息をする、ということもなく、本当に、愛する息子の見守るなか静かな静かな最期。「もうがんばらなくてもいいよ」と言われて、がんばらないことにして、彼の到着を待って、ちゃんと看取らせる。ここまでで、たいしたものだと思っていたが、それからも感心することは続く。

亡くなったのが午後三時すぎだったから、オフィスアワー内に、死亡診断書を書く医師も来て、施設の担当者にもみんな挨拶できて、葬儀屋との連絡や遺体搬送もスムーズで、夜八時にはすべての段取りを終えて、帰宅。「長患いしている息子に無理はさせまいぞ」という母の意志が感じられる。

現在の高齢者の多い東京では、「焼き場」はいつも混んでいてなかなかとれなくて、亡くなってから葬儀まで時間がかかることも珍しくない。しかしながら、今回、木曜日の午後に亡くなって、土曜日の葬儀が可能なように、焼き場も葬儀場もお清めの料亭も、魔法のように決まっていき、年寄りばかり集まる葬儀の当日、土曜日は、暖かくて、過ごしやすい天候、亡くなって四十八時間後の午後には、すべては終了していた。

わたし自身には、日曜日に九州で講演の予定があったのだが、土曜日にすべて終了したため、日曜日は仕事をキャンセルせずに日帰り出張できたのである。

こうやって書いてみると、なんでもないことのようだが、「すべては完璧」なタイミングで進んでいったのである。こうやって義母を送ってみると、夫の傍《かたわ》らにいるわたし自身の存在さえが、義母の意志のように思われてくる。「わたしの愛する息子を頼んだぞ」というはっきりした意志が。

生と死はわたしたちが思うようにはできない。もちろんそのとおりだ。

しかしながら生と死に立ち会えば立ち会うほど、感じざるをえない、静かな意図のようなもの。わたしの理性的な部分は、いまだにたじろがされている。

それは、生と死を、思いわずらうな、という明確なメッセージにすら聞こえる。

マルグリット・デュラス

マルグリット・デュラスを初めて読んだのは、一九八七年だった。

ロンドンに留学していたとき、同級生のスペイン人の友人に、「あなた、日本人なの？〝ヒロシマ・モナムール〟を知ってる？　知らないの？　読むべきよ」と言われたのが、最初にデュラスの名前を知ったきっかけだった。

残念ながら〝ヒロシマ・モナムール〟のことは知らず、それが、一九五八年、わたしが生まれて間もないころに『二十四時間の情事』という邦題で公開された映画の原題であることを知ったのは、それからかなり後のことであった。当時はインターネットなどなかったので、さくっと検索、すぐに疑問が解決、などという芸当は、普通の人にはできなかったのである。ほどなくくだんのスペイン人の友人は一九八四年に出版され、当時ベストセラーだった『愛人／ラマン』を買ってきてくれて、わたしは初めてデュラスを読んだ。日本語でもフランス語でもなく、英語で読んだのだ。

『愛人／ラマン』は、言わずと知れた、「インドシナで貧しいフランス植民者の娘として生きる十五歳の少女が、金持ちの中国人の愛人となり、性的に目覚めてゆく物語」であり、デュラスの代表作となっていった作品である。

白人とオリエンタルが愛し合うことについて、イギリスに住み始めたわたし自身も考えるところが多かった時期でもあり、印象的な作品だった。しかし、それ以降、約三十年、わたしの人生は、デュラスなしに過ぎていった。デュラスは、とくにわたしになにを迫ることもない、『愛人／ラマン』を書いた有名なフランス女性作家にすぎなかった。

人との出会いと別れがあるように、作家との出会いと別れもある。そう書いていたのは、高橋和己《かずみ》だったか、とにかくわたしはデュラスにロンドンで「出会った」が、そのまま別れてしまったのだ。わたしの人生は、デュラスの作品と交錯《こうさく》することなく、過ぎていった。

人との出会いが運命としか言いようがないように、出会うべき作家との出会いもまた、運命であり、それが運命であるなら、一度別れても、必ず、また、出会う。

運命の人と出会ったならば、いくら大げんかして別れてしまっても、信じられない別れの言葉を投げつけられても、ありえない場所でばったりとまた遭遇したり、時間をおかずにさらに、出会ってしまったりするように。ばったりと再会したからといって、また仲良くなれるわけでもないが、思わぬ再会は、運命の確認には、なりえて、そこから立ち上がるものもなにか、そのとき、言葉にできなかったとしても、確実にありはするのである。

インドシナで育ち、ティーンエイジャーのときにフランスに戻り、政治活動に関わり、第二次世界大戦後、ダッハウ強制収容所に入れられて帰還した夫を介護し、彼が元気になったところで、別れを告げて、別の男の子どもを産み、「堅気《かたぎ》な男好き」として、男性遍歴を重ね、小説を書き続け、映画を撮り、六十代で三十八歳下の男性（同性愛者の）と暮らし始め、愛人である彼に看取られたデュラス。

二〇一六年は、マルグリット・デュラス没後二十周年であった。知り合いのフランス文学者の方に声をかけていただき、二〇一六年二月、定員二〇名の小さな記念の集まりのシンポジストをすることになった。デュラスは料理も上手で、自分の得意としていた料理のレシピ集もあり、そのレシピを再現しながら、デュラスの女性性や母性について語る、という、いかにも興味深い企画である。

デュラスの一人息子は、そのレシピ集を母の没後、出版しようとしたらしいが、デュラスは版権を息子ではなく三十八歳年下の愛人、ヤン・アンドレアに譲っていたため、いろいろもめて、すぐには出版できなかった、といういかにもデュラスらしいエピソードに満ちたレシピ集であるらしい。

デュラスのことをすっかり忘れていたわたしは、二月のシンポジウムにむけて、年末年始、手に入るかぎりのデュラスの作品を買い求めた。多作なデュラスはそれでも手に入らないものもあり、翻訳されていないものもあって、すべてを読めてはいないが、デュラスに耽溺《たんでき》した日々を過ごすことになった。デュラスと「再会」し、なんとも豊かで美しくて、狂った年末年始となった。

デュラスは、すべての女が孕《はら》んでいるのではないかと思われるような、なんともいえない狂気を呼びさましていく。

デュラスの魅力はなによりその〝原始性〟ともいうべきものにある。

通底するのは、アジアのもつ、あのけだるく重く湿った原初の生命のようなかたちである。フランス領インドシナ、今のカンボジア、ベトナム、ラオスを舞台とする、あふれるような水をたたえる大河と、人の生活におしよせる海の潮と、ずっしりと湿り気を含んだ空気。

彼女の作品には、しばしばカンボジアからカルカッタまで四〇〇〇キロを歩く女乞食《こじき》が出てくるのだが、その女乞食に代表されるような現地の過酷な生き方を間近にしながら、それでも西欧的に生きるしかない、西洋植民者のけだるさ。そのけだるさのなかでさえ、みずからの原初生命を、性や愛に見いだしていく力をもつ、女という存在のわけのわからなさ。文明と呼ばれるものから、はるか遠くにある、原初の生命の力を、女はどんな状況でもどのような時代でも見いだしていく、ということの恐ろしさ。

確かに時代と向き合い、政治活動もしている人なのだが、「書くときわたしはすべてのイデオロギー、すべての文化的な記憶を忘れる」という、書くことへの原始性、原初性がなんともいえないデュラスの魅力なのだ。

そういう女としての原初性、のみではない。デュラスのありようは、わたしに「熱帯における白人と呼ばれる人たちのふるまい」についても考えさせる。

先ほどのカンボジア、トンレサップ湖畔からカルカッタまで四〇〇キロを、飢えて身重《みおも》で歩き続けて子どもを産んで捨てて、という女乞食。この女乞食はデュラスの作品に繰り返し出てくるが、逆に、いわゆる「現地の人」はこの女乞食しか出てこない。代表作『愛人／ラマン』の愛人もチャイニーズで、東南アジアのチャイニーズは富をもった人たちだが、植民者ヨーロッパ白人とは違う。デュラスにとって現地の人たちはこのような人々に代表されるいわば、「風景」にすぎない。差別だ、とかそんな話ではない。ただ、そういうものなのだ。

わたしは「国際協力」の名のもとで、長く熱帯で働いてきた。たくさんのヨーロッパの人たちがこの分野で活躍していることも知っているし、個人的にも友人が多い。今そういうことをしている人たちは皆、誠実でもちろん植民者としてではなく、「援助」や「連帯」を掲げて熱帯に出ていっているわけで、スタンスは違う。

しかしながら、結果として、彼らの多くは彼らが住むべき居住区に住み、彼らの音楽を聴いて、彼らのパーティーをして、彼ら同士で愛し合ったり別れたりする。たとえば、熱帯インドシナでくりひろげられる、植民地でも国際協力でもさほど変わらぬ風景。白人と、そして、「現地人」のまったく違う世界。

どちらにも同調できない、植民者としては大失敗と大失態の印象を世界に与えた、わたしたち日本人は、国際協力の現場でも、その狭間《はざま》で、なんとも言えないふしぎな人間関係を白人たちと、あるいは現地の人たちと築き、あるいは、築けないから日本人同士で集まっていたりするのである。

乾いたヨーロッパから、湿気の飽和するアジアへ。

わたしたちには想像もつかない世界なのではあるまいか。

デュラスは結果として、自分の物語を語らせる。自分の言葉が湧いてくる。読むことによって自分の物語を語らねばならない、という気にさせる。デュラスはそのテキストから、わたしたち自身にわたしたちの物語を語ることを強いるのだ。

そういうものを喚起するデュラスの力こそ、文学のもつ根源的な力である、とあらためて思い知らされる。

見えているもの1

現実にわたしたちが見ているものが、本当に「現実」なのか。

わたしたちの目にただ、見えていないだけのものが実はたくさん存在しているのではないだろうか。

友人の母は、和歌山の山奥に住んでおり、ちょっと普通の人とは違う力がある人らしい。和歌山の山奥に何代も続けて住んでおられるというだけで、タダモノではない感じがする。実際、その母親どころか、わたしの友人自身もタダモノではない。

彼が中学生のころ、ロックミュージックに目覚めた。寝ても覚めてもロックのことを考えていたが、今から四十年くらい前、インターネットもYouTubeもなくて、CDすら存在してなかったころのことである。好きな音楽を聴くには、ラジオを聴くか、レコードを買うしかない。自分の望むレコードはそんなに簡単には手に入らない。LPレコードというのは本当に値段が高くて、四十年前でも二〇〇〇円以上した。今のCD一枚とほとんど同額なのであって、今の給与水準や物価と比べるといかに高価なものだったかがわかる。

友人はビートルズが好きで近所のレコード屋に行っては、そこでかかっているビートルズをうっとりと聴いていたという。やっとのことでお小遣いをためて、二〇〇〇〇円ちょっとにぎりしめてレコード屋にあのビートルズのＬＰください、と言うとレコード屋のおじさんが、「おまえ、これ半額にしたるわ」と言って、店で何度かかけた見本のレコードを一〇〇〇〇円で売ってくれたのだという。なんとなくいい話だ。その後、彼は、ほしいレコードはたくさんあってもそんなに簡単にレコードが買えるほどお金をためられなかった。所詮《しょせん》中学生の趣味なのである。

ところが高校生になったある日、道を歩いていると、溝になにか落ちている。拾ってみたら、ローリングストーンズのファーストアルバム『ザ・ローリングストーンズ』だった。ロック少年の歓喜は、親から勘当《かんどう》同然で村を出て、ギター一本でミュージシャンめざして上京させるに十分であったという。

普通、ＬＰレコードは和歌山の田舎の溝には落ちていない。落ちていれば、それは天啓《てんけい》であり、また、天啓は受けた人のものである。

上京してミュージシャンをめざし、さまざまな活動を何年かしたようだが、プロのミュージシャンになることは結局あきらめ、美容師としての道を選ぶ。十分にカリスマ性の高い美容師になっているが、くだんの『ザ・ローリングストーンズ』は、同居していてのち別れた彼女に持っていかれてしまって、返してくれ、と言えなかったため、なくしてしまったのだという。

　そのような天啓を受ける友人の母親であるから、もともとタダモノであるはずもないのだ。いろいろな見えないものが見えたり、祈念したことを起こしたりする能力がある方だそうだ。


　彼女はある日、かなり大きな白い紙に渦巻き状に細かく般若心経《はんにゃしんぎょう》をびっしりと何度も何度も書き続けたもの、を完成した。それがなにであるかはわたしの友人（である彼女の息子）もわたしもわからない。息子は、「曼荼羅《まんだら》のようなもの」だから、と説明を受けていた。黒い文字でびっしりと書き連ねられていたと言い、息子も娘（わたしの友人とその姉）も、それは「白い紙に渦巻き状に書かれた小さな黒い文字の般若心経らしきものによる図柄のようなもの」だと思っていた。そうとしか言いようがなかったのである。

　ところが彼女の孫に当たる幼い子どもたちとその友人がわいわいとやってきて、彼女の「曼荼羅」を見て、「わー、おばあちゃん、すごいね！　金色だね！」と言う。孫たちのさわぎを見て、おばあちゃんの息子と娘（わたしの友人とその姉）は、「あれは白い紙に書かれた黒い文字だよね」と確認した。実際、そのようなものであり、金色ではない。何度見ても、白い紙に書かれた黒い文字でしかない。彼らにはそのようにしか見えない。

子どもたちに、「あれ、金色なの？」と訊くと、その場にいた十歳以下の子どもたち全員は、みんな、それは金色だった、と言ったそうである。わたしの友人は「おそらく子どもたちが正しい」と言っていた。天啓を受ける人だから、そういうこともある、とわかる。

思春期に入る前の子どもたちには、世界の本質が、実はわたしたちよりもずっと見えているのではあるまいか。

今までこの世界に存在しているもの、そして存在しなくなったもの、人、動物、そして人のつくりあげた数多《あまた》の〝意識〟は、意識として実は存在している、と考えるほうが自然である。

まわりがわかってくれないだけで、見える人には見える。しかし、そのような能力は、人間が生殖期に入るころにはほとんどの人には失われている。生殖という大切な時期をむかえ、現実的に生き、プラクティカルに家庭生活をする、ということは、幼い人を安全に育てる、つまりは種としてのわれわれ人間の未来をつくっていくために、この近代社会ではとりわけ重要なことなのだろう。

見えないものにひとつひとつ心をよせていたりしたら、近代のシステムの中で目の前に出現するあたらしい幼い世代に集中して育てていくことが難しいし、実践的な家庭生活を営むために行う家事や家庭の外の賃労働のことにこんなに熱中できない。

父の認知症が発覚したのは、「虫」が出てきたからであった。

虫がいる、と言うのだ。まず「虫」が出てきたのは、父の目覚まし時計の中であった。小さな虫が文字盤のあたりからぞろぞろと出てきて、父の時計を狂わせる。いくらふっても落ちてこないと言う。そのうち部屋のすみとか天井とかにも「虫」は出現し始め、父を悩ませ始める。

部屋の中に通信のための線が何本も引かれている、と言う。レビー小体型、という認知症に特有の幻視、という現象らしいが、父の話を聞いていたわたしには、父が見ているもののほうが実は正しいのではないか、という思いがいつもあった。幼い子どもにはいろいろなものが見えているらしい、ということが、先ほどの金色の曼荼羅の話ではないが、よくわかっていたからだ。

三歳までの子どもには、母親のおなかの中にいる妹や弟がよく見えているのだ、というのは幼い子どものいるお母さんからよく聞く話である。上の子が下の子の性別を正しく言い当てたり、おなかの中の赤ちゃんが、こんなこと言ってるよ、と言ったりするのは珍しいことではない。「おなかの赤ちゃんの透視能力」はだいたい普通の人なら三歳くらいで失われてしまうようだが、先ほどの「金色に輝く般若心経」ではないが、十歳になるくらいまでは、子どもたちにはわたしたちに見えていないものが見えるようだ。

若者にたむろしてほしくないところで二十歳前後の若者くらいまでにしか聞こえないモスキート音を使う、ということもいまだに行われているらしい。人間の感覚は年齢とともになくすものがいろいろある。そのかわりにこの近代的で文化的な大人の世界に適応していくためのさまざまな能力が獲得されていくわけであるが、人生も終盤に近づいたら、近代的文化的能力もあまり重要でなくなってくるかもしれない。

それをまた一つずつ手放していけば、失った幼いころの能力が再度獲得されることもないと、どうして言えよう。〈つづく〉

見えているもの2

だいたい「虫」というのがくせものである。

わたしにはもうひとり和歌山の古い女系家族の末裔《まつえい》、という友人がいる。こういう話は、なぜか和歌山の友人から聞くのだ。和歌山とか三重の山奥で実際にはどういうことが行われてきたか、行われているか、実はわたしたちはなにもわかってはいまい。今や日本の中で、一、二番をあらそう、なんとなく存在感の薄い県になりつつある和歌山、三重だが、もともと霊的な場、人間の修練の場、であったことは、今に残る神社の様子だけでも十二分にうかがえる。

友人は、彼女で十七代か十八代めだったか、とにかく女系家族を継いでいる。彼女には子どもがいないのだが、こういう家系は血縁だけでつながっているわけではないから、そのうち彼女がなんらかの形で養女を迎えるのであろうとわたしは読んでいる。

彼女の家には代々「虫きり」の技が伝承されていたと言い、彼女は母親が近所の幼い子どもたちの「虫きり」をしていたことを実際に何度も見ている。母親が作法に従って、子どもの手に墨《すみ》で文字を書いたり、いろいろやっていると、子どもの指先から白い「虫」が本当ににょろにょろと出てくるのだという。

「出るんですよ、ほんとに」。で、その虫はどこに行くんですか。つかまえたりできるんですか、標本にできませんか、といろいろ訊いたが、その虫は子どもの指から出てくるときは見えるが、そのあとは見えなくなってしまうんじゃなかったかしら、といろいろぼんやりごまかされた。

友人自身は、まともな近代医療職についており、「できませんよー、虫きりなんか」と言っているが、実はできるにちがいない。とにかく、「虫」なのである。見えないけれども何かをする「虫」、見えるけれども消えてしまう「虫」。

父の世界に「虫」があらわれ始めたことが、今思えば象徴的だったのだが、当時のわたしは、いやー、大丈夫よーお父さん、なんにもいないわよ、と言うしかない、ばか娘である。目覚まし時計をふったり、さかさにしたりしても、なにも出てこない。お父さん、なにもいないわよ、と言うと父は、いや、夜中になると、その穴とか、隅とかから出てくるんだ、と主張する。わたしには穴さえ見えていなかった。

ある日、ヘルパーさんが、「お父さんはどうしてもこのお皿を使ってほしくないとおっしゃってます」と言って、あるお皿に、「禁使用」の貼り紙をした。実家にある皿のことはわたしもよくわかっている。いただきものの多い家だったし、一昔前はすべての引き出物の類いは陶器だったから、皿や湯のみは使いきれないくらいあって、それらはけっこう、いい品物だった。

だから、父は日常的にそれなりに「上等」な陶器を使っていたのだが、ヘルパーさんが「禁使用」の紙を貼ったお皿は、唯一、「一〇〇均」つまりは、一〇〇円ショップで買ってきたものであった。なぜそのお皿が実家にあったのか、なぜそれが一〇〇円ショップのお皿だとわたしが知っているのか、そのあたりの詳細は忘れてしまったが、それが一〇〇円ショップからきたものであることだけは間違いがない。ピンクの花柄が描いてあって一見かわいらしいお皿で、大きさもちょうどいいので日常的に使っていたのだが、父はある日、そのお皿を気味悪がって嫌がり始めた。

「お父さんはこのお皿は嫌だ、お皿から変なものが出てきているとおっしゃいます」とヘルパーさんは言う。父はどうしてもそのお皿からなにか奇妙なものがドロドロと立ち上って出てきているように見えるらしい。

父はそれを「虫」とは言わなかったが、「虫」に見えないだけで、「虫」の類いなのであろう（なんのことを言っているのかわからないと思うが、わたしもわからない）。ヘルパーさんはひとりだけではなくて、何人かおいでになるから、誰が来てもそのお皿を使うことがないように、使用禁止の紙を貼ってくださっているわけだ。

父の言っていることは、おそらくすごく正しい。わたしには見えていなかったが、ヘルパーさんからその話を聞いたとき、ぜったい正しいと思った。

一〇〇円均一のものを売っている店の邪魔をするつもりは毛頭ないし、わたしもたくさん買い物をしている。どこで買っても同じものなど、ここで買わせてもらうと本当に安いな、と思って便利に使わせてもらっている。しかし、「たいへん価格が安い」というのは、それなりの理由があるだろう。

たとえば、本来なら人が手をかけてつくる陶器のお皿が一枚一〇〇円というのはどう考えても安すぎる。その値段で売るためには人件費が低くなくてはならないから、それらの陶器はたいてい日本製ではない。はるか遠くの国でつくられ、輸入されたものであることが多い。かの国で、安く売られるためのお皿が誰によってどのような材料でどのような気持ちでつくられているか、神のみぞ知る。いや、取次業者さんのみぞ知る、かもしれないが、知らないかもしれない。消費者のわたしたちにはどちらにせよあずかり知らぬところである。

安くするためのさまざまな工夫が、原材料を選ぶ段階や、それを作成する人の処遇においてなされていて、そのプロセスのどこかに、やや理不尽だったり、非人道的なものだったりすることが混じっていない、とどうして言えようか。安くするために、消費者側としては知りたくないことが起こっているのかもしれない。

もちろん「商い」として、あこぎなことをやっていらっしゃるわけではない。一〇〇均ショップもその取次業者さんも目に見える範囲で真っ当なことしかやっておられないにちがいないから法的、倫理的に問題があるはずもない。

わたしたちも普段はそんなことは気にもしていないし、ましてや目に見えるわけでもないから「気にしないふり」をしているのだ。しかし、父には見えた。産業消費主義のプロセスで生み出されたなにやらよろしくないものが父には見えたのだ。

「虫」や「お皿から出てくるもの」のみではなく、父にはいろいろなものが見えていた。あるときは、自分の部屋のベッドに若い女性がすわって赤ん坊に授乳しているのだと言う。この若い女性は、ひとりで父のベッドに寝ていたこともあるらしい。リビングルームにたくさんお客さんが来ているので、お茶を出すように、とヘルパーさんにせまったこともあるらしい。
同居していたわたしの次男は、「あれほどこのアパートでは犬を飼ってはいけないと言ったのに」と、父から叱られた。父の目にはしっかりと犬が見えていたのだ。ヘルパーさんは、「あんまりおっしゃることが真に迫っているので、わたしたちもなんかちょっと気味が悪くなって、本当はなにかいるんじゃないか、と思うようになりました」とおっしゃる。

「生の原基」ということが、わたしの人生のテーマだ。
渡辺京二《きょうじ》氏の言葉で何度も引用してきた。

あらゆる文明は生の原基の上に、制度化し人工化した二次的構築物をたちあげる。しかし、二〇世紀末から二一世紀にかけてほど、この二次的構築物が人工性・規格性・幻想性を強化して、生の原基に敵対するようになったことはない。一切の問題がそこから生じている。

（藤原書店編集部『心に残る藤原書店の本』藤原書店、二〇一〇年、非売品）

わたしたちが「生の原基」と敵対する文明のうちに生きていることは、難しい言葉を並べなくても、実は皆、わかっているのではないか。

生きものとしての本来あるべき姿、生まれて次の世代を残して死ぬ、という本来のかたちから、人間のみでなくこの世にあるものと豊かな交わりを楽しみながらひっそりと自らの生を終えるということから、わたしたちはただ遠くなって久しい。

幼い人たちが感じられるようなものが感じられたり、「虫」が見えたりすることを、一度失わなければ成人としての時間を生きられないからこそ、老いてはそれらを取り戻す必要があるのか。父はそれらを取り戻せたのだろうか。

娘としては父の生の原基の奪還過程によくつきあえたのかどうか、実に心もとないばかりなのだ。

引く力

「引く力」が働いてるね、なんだろうね、と、助産師たちは、言っていたのだという。

「引く力」という言い方を聞くのは、初めてではない。

満ち潮のときに、お産になることが多い。満月の夜もお産が多い。満ち潮のときに人が生まれ、引き潮のときに人が亡くなることが多いことは、現場の人はよく知っている。昔からそうで、今も、そうなのである。助産所には、月の満ち欠けのカレンダーが置いてある。満月の日はお産が多いし、また、台風が来たりして気圧が変わると、お産が多かったりする。

具体的に気圧が変わったりするわけであるから、「引く力」も働くのだ。思えば当然のことだ。わたしたちのからだの中にある液体はすべて、おそらくは、そういった自然の中の「引く力」によって圧力が微妙に変わることだろう。

メタファーでもなく、スピリチュアル系の話でもなく、わたしたちは、皆、自然のありように否応なしに影響される、ひと続きの存在でしかありえない。

「引く力」が働いてるね、と助産師たちは言っていた。年間四〇〇件程度のお産を扱う産院なので、一年を通じて、赤ちゃんが途切れることはない。毎日お産があるわけではないにしても、お母さんと赤ちゃんは産後一週間くらい産院にいる。だから、いつも産院には赤ちゃんがいる。年に何回かは、一日に四、五件のお産が重なることもある。

だから水曜日の晩から木曜日の朝にかけて、四件お産が続いたこと自体は、そんなに珍しいことでもなかった。もう、次から次から続いてですね……と、夜勤の助産師さんは言っていたらしい。次から次にお産が続く夜で、本当に疲れきっていたけれど、赤ちゃんが生まれることは、ピカピカのエネルギーが届けられることでもあるから、疲れてはいても、夜勤の助産師さんはとてもいい表情だったのだという。

しかしその日は、お産が続いただけでは終わらなかった。夜が明けて、木曜日になったが、妊婦さんが途切れない。木曜日の午後は普段、外来診療は休診で、普通の健診に来る産婦さんは来ない。それなのに、その木曜日は、妊婦さんが次から次にやってくる。おなかがすごく張ってるんですけど大丈夫ですか、とか、ちょっと出血があるんですけど、とか、休診なのにもかかわらず、次から次に、「いつもと違うから」と言って、電話してくる妊婦さん、来院する妊婦さんが絶えない。

緊急で入院してもらわないといけないような人は、結果としていなかったけれど、なんでこんなに今日は妊婦さんが来るのかな、なんか、「引いてるね」、「引く力」が働いているよね、なんだろうね、と助産師同士で話し合っていた。なんか、あるよね、なんだろうね、と、言っていたのだという。

なんだかたいへんな一日だったなあ、と思って、仕事が終わってから、自分の好きな食べ物をたくさん買って、ご褒美《ほうび》の飲み物も買って、家に帰って、美味しく食べてですね、ゆっくりしていたら、夜九時半ごろ、ぐらっときたんですよ。すごい地震だった。でも、ですね、そのとき、すぐ思いましたよ。ああ、これだった、って。赤ちゃんは、なんか、わかっていたんだ、って。

二〇一六年四月十四日夜、結果として〝前震〟となった、熊本の地震であった。熊本県内の産院に勤めている、友人の助産師の話である。

これだけですね、科学が発達した、とか言っててもですね、この地震を誰も予測できませんでしたよね。でもですね、赤ちゃんはわかってたと思うんですよ、お母さんは「引く力」で、からだが変わっていたんですよ。人間はこういう力を持っているんですよ。動物なんですね……。

彼女たちは、一週間に一度、お産のときに使われる用具を消毒して、必要なキットをつくる。消毒して、すぐに使えるようになっているキットを、何セットかつくるのである。何セットかつくっておいて、お産が多いと、ほとんど使ってしまうときもあるけれど、週によって、お産が少なくて、使わないまま何セットか残ってしまうものもある。でも、一週間経ってしまったら、使わなかったキットもまた、消毒し直して、新しい消毒済みキットを何セットか、つくっておく。

すごくお産が多かったりすると一週間の途中で消毒し直さなければならないこともある。もちろん、消毒するにはオートクレーブ（滅菌のための高圧用装置）などを使うので、電気が必要である。地震の後、停電してしまって、ああ、消毒できなくなっちゃって、困るなあ、お産がすごくたくさんあったら、追加の消毒ができないしなあ、と思っていたという。しかし、この前震から、約一週間後、消毒キットの棚を見たら、ほとんどのキットがそのまま残っている。あ、そうだ、この期間、ほとんどお産がなかった、だからキットが残っているんだ、追加で消毒する必要もなかった、と気づいた。

十四日の〝前震〟の前にお産がたくさんあって、その後十六日の本震も挟んで、しばらくはお産がなかったことに気がついたのだという。

赤ちゃんって、本当によくわかってますね。人間ってすごいな。本当に若い二十歳やそこらのお母さんもですね、地震でぐらっときたら、もう、すぐに赤ちゃんの上に覆《おお》い被《かぶ》さって、赤ちゃんを守ろうとするんですよ。みんな、すごい。赤ちゃんはこうやって、わかっているからですね、だからこそやっぱり、自然なお産を大事にしたい、って思いますよね。赤ちゃんは、いつ出ていこうか、よくわかっているんですよ。それをわたしたちが勝手に邪魔したりしたらいけないですね。

赤ちゃんの力も、お母さんがもつ力も、もっともっと信頼できるように。友人はあらためて助産師という職業が大好きになり、地震の次の日から、家がたいへんでも職場に行かなければならないけれど、こんな日にも仕事に行かねばならない、わたしには役割がある、と思える仕事についていることが幸せだ、と思ったのだという。一生、この仕事を、誇りをもって続けていこう、と確信したのだという。


産婆。人類最古の職業。

この人たちが、力ある占い師のごとく、生を迎え、死を看取ってきた。世界中の産婆は、お産だけではなく、死にゆく人を看取る人でもあったことが多く、生と死、という魂の行き交う場に立ち会ってきた、という。助産師たちは、この産婆の末裔である。

赤ちゃんも、お母さんもすごいが、わたしはやっぱりこの助産師という人たちの、冷徹な観察の力と、すべてを感じ取る感性にいつも感動してしまう。予知能力とは、明晰《めいせき》な、今、このときに集中した現状分析能力のことだと思う。生と死の現場に立ち会い続ければ、現状分析能力は、いや増していくにちがいない。

現代の助産師は、日本では看護の勉強を経てから助産を学び、厳しい国家試験に合格してきた近代医療職種である。近代医療の一職種であると同時に、彼女たちは、近代医療というものが出現する、ずっとずっと前から、人間の生と死に寄り添ってきた、人類最古の職業の末裔でもあるのだ。

痛みと苦しみ、そして死を避けるために精緻《せいち》な体系をつくり上げてきた近代医療の体系の一職種であることと、呪術や祈りの人としての末裔であることは、矛盾だらけのはずであり、彼女たちの日々のお産の現場での悩みは深い。しかし、矛盾があるところでこそ、人間は成長する。

人類最古の職業の末裔たちの豊饒《ほうじょう》なる姿に、わたしはただ、頭を垂《た》れるばかりなのだ。

第3章　人間の暮らし

洗濯

どうでもよい人にはどうでもよい話だが、わたしには気になっていた。

洗濯機に入れる洗濯用洗剤のことである。

だいたい、洗濯機、という家電製品こそが、この五十年ほどで普及した「家事を助ける製品」のなかで、なんといってもぬきんでてすばらしいものであった、とやっぱり思う。もちろん、ぱちっとスイッチを押したら火がつくガスレンジは、かまどの火をおこすのがおおごとだったころの女性にとって、たいへんな憧れであっただろうし、食べものを保存できる冷蔵庫だって、実にすばらしいものだったわけだが、電気洗濯機のなしえたことと比べたら、小さなことに見えてしまうくらいだ。

手が切れるような冷たい水で、洗濯板でせっせと洗っていたころの労働量と比べたら、約四十分ですべてを終えてくれる洗濯機がどれほど立派なものであることか。

洗濯はすべて洗濯機がやってくれて、蛇口をひねれば水は出て、スイッチをひねれば料理ができ、家中は夜でも明るく、「重労働」と呼ばれた家事は、いずれもけっこう楽なものになってゆき、それではその時間が浮いたから、多くの場合「家事」を担当してきた女性の暮らしはそれは楽になり、たくさんの余分な時間がもたらされて、ゆったり暮らすようになったか、と言われると、ちっともそんなことはなくて、女性は今も信じられないくらい多忙であり、スイッチを入れるだけの家事すら、蛇蝎《だかつ》のごとく忌《い》み嫌っているのはなぜなのか。

そのあたりについても考えてみたいことはいろいろあれど、それはまた次の機会に。

洗濯用洗剤の話である。

何となく気持ち悪くてキライだったのだ。ものすごく立派な泡が立つのはけっこうなことだが、なかなか泡が切れない。すすいでもすすいでも洗剤がとれない気がする。合成洗剤じゃなくて、いわゆる液体の石けんに変えてみても同じだった。どうも気に入らない。だからサンヨー電器が「洗剤がいらない洗濯機」を開発した、と聞いたとき、これはなんとすごいものができたんだ、と感動して、すぐ買った。二〇〇〇年代の初めのことだったと思う。

サンヨーの技術陣が、環境に優しい洗濯機をめざして開発した洗濯機で、超音波洗浄で衣類から汚れをはがし、活性酸素が汚れを分解して除菌、消臭する、といううたい文句になっていた。ものすごく汚れた衣類は無理かもしれないけど、だいたいわたしたちはみんな、一度着た服は洗濯機に放りこんで洗っている。それくらいの汚れは立派に落ちます、というふれこみだった。

だいたい、おしめとか下着は別として、洗濯というのはそんなに上から下までせっせと洗うものではなかったようだ。一昔前の女性たちには、「洗濯帰り」という習慣があって、天候のよいころのある一日、家族中の上着や大きな衣類をかかえて実家に帰り、みんなで川に集まって談笑しながらせっせと洗ったらしく、それは楽しい経験だった、という話が森崎和江さんのエッセイに出てくる。下着はともかく、上に着ているものの多くは、季節に一度、盛大に洗う、程度で回していたのだと思う。

きものが衣類の中心だったころは、腰巻きや襦袢《じゅばん》の上に着る長着(ようするに、きもののこと)もしょっちゅう洗うものではなくて、季節に一度、ぜんぶほどいて、洗い、板に張って洗い張りするものだった。そうやって洗い張りしては、一家の主婦はそれをまた季節ごとに縫い直していたのだから、たいしたものである。

わたしなどきものは毎日着ていても、この洗い張り、縫い直し、などまったくできず、専門家に頼っていて、情けないかぎりだ。洗い張りの風景は、現在五十代半ばのわたしの

あることとして明確に思い出されることである

脳裏《のうり》にはないが、母の世代には祖母がやっていたこととして明確に思い出されることであるらしい。板と竹ひごを使って、素材によって違う干し方をしていた、ということは現在七十代後半くらいの方ならわりと明確に説明できる。

家族生活をしていれば毎日なにかを洗濯機で洗う、という生活をしている人が多いであろう今、サンヨー開発の洗剤のいらない洗濯機は、洗剤を買わなくてすむし、環境にもぜったいそのほうがよさそうだし、わたしはすぐに購入して使い始めたし、爆発的人気が出て広まるだろう、と思っていた。

しかし、これはどうもたいして広まらなかったようなのだ。洗浄力自体にはなんの不満もなかった。なかなかよいものだと思うのに、周囲ではこの洗濯機のことを知っている人がほとんどいない。そのうち、実は洗濯機メーカーと相互に協力関係、つまりはもちつもたれつの関係にあるのであろう洗剤メーカーからクレームがついたとかつかないとかいう話が、真偽のほどは定かではないが、耳に入るようになり、サンヨーはこの洗濯機を前面に押し出して売らなくなった。

それでも二〇〇七年くらいにわが家が引っ越しとともに洗濯機を買い替えたときには、まだサンヨーさんで、この種類の洗濯機が買えた。その後、サンヨーはパナソニックの子会社になったり、中国のメーカー、ハイアールに技術者がうつったりして家電部門がなくなった。今は、このサンヨー技術者の開発した、すばらしい洗剤のいらない洗濯機は、ハイアールで買えるという。わが家の次の洗濯機は、とうとう中国製、となるのか。

こうやって技術者が心血を注いで開発し、すばらしいものであるにもかかわらず、時代と取引先との関係と景気によって、目の前から見えなくなってしまったものは実はたくさんあるのだろう。

しかし、今回ここに書きたかったのは洗濯機のことではなくて、洗剤のことなのだ。

クリスマスに帰省してきたロンドン在住の友人から「ソープナッツ」なるものをもらった。もちろん、わたしが、紙おむつがいらない、生理用ナプキンがいらない、台所洗剤もきらい、とか言っている変わり者であることをよくご存じなので、これもいいんじゃないか、とお持ちくださったのである。

ソープナッツ、とは、ムクロジの実のことである。ムクロジとは、日本のお寺などでよく見られるごく普通の木らしく、羽根つきのときの羽根の根っこについている黒くて丸い実がムクロジであるらしい。この実が、殻も中身も洗浄作用があるらしく、インドなどでは伝統的に使われてきていて、今もヨーロッパでは多くの人がこのムクロジの殻をかわかしたものをいくつか割って、洗剤代わりに小さな洗濯ネットに入れバラバラにならないようにして、洗濯機で使っているのだという。

くだんの友人は、小さなお子さんもいらっしゃる方なのだが、汚れもよく落ちるし、肌にも優しいからとても気に入っていて毎日使っているそうだ。ソープナッツを煮て、台所洗剤とか、洗顔とかにも使えるらしいけど、まずは、洗濯に使ってみて、と、からからにかわいたソープナッツをいくつかいただいた。

使い方は簡単で、四つか五つくらいのソープナッツを大きめに割って（手で割れます）、目の細かい小さな洗濯ネットに入れて洗濯機で服と一緒に回すだけである。五、六回は同じソープナッツが使える。すすぎのときに、もちろん、ソープナッツをネットごと取り出せば、ソープナッツの洗浄力も落ちなくて、何度も使えるらしいが、面倒くさければ取り出さなくてもべつにかまわないらしい。わたしは取り出していない。

もともと洗濯洗剤のいらない洗濯機だったが、このソープナッツを知って、こちらと「電解水洗い」を併用することになっていよいよ洗濯洗剤がいらなくなって、たいへんハッピーな毎日である。

おむつはいらないとか、生理用ナプキンがいらない、とか申し上げてきて、ここにきて洗濯洗剤もいらない、などと書いて、よほどトイレタリーメーカーと敵対しているかのように見えるかもしれないが、こうやって、「使わない生活」をしてみて初めて、メーカーさんの出しておられる製品のありがたみがわかったりするのである。「いざというときのすばらしいトイレタリー製品」ということで……。

でも「いざというとき」だけ使っても売り上げに貢献できないから、やっぱり敵対しているのかもしれず、そちらの技術者の皆様のご努力には、申し訳ない気がしたりしている。

働く人

ブラジルに十年住んだ。三十代のほぼすべて、乳幼児期子育てのすべて、をブラジルのいなか、北東部で暮らした。

自分の子ども時代を過ごす場所もそうだけど、三十代という、人生で一番、生殖の上でも、社会的活動の上でも、感情的な面でも充実していく時期をどこで過ごすか、というのは、これまた、その後の人生に大きな影響を与えていくものだと思う。

もうブラジルでの暮らしをあとにして十五年経つのだが、わたしのからだの奥深く、感情の一番コアの部分で、ときおりブラジルがわたしを呼ぶ。人間ってこういうものだよ、もっと美しく生きよ、と言う声が聴こえ、生きることはすばらしいよ、という呼びかけが聴こえる。

政治的混迷だとか、格差が大きすぎるとか、ワールドカップとかオリンピックで福祉がないがしろにされるんじゃないか、とか、キューバの医者が一万人以上ブラジルで働いているのをどうするんだ、とか、そういう現実的なことでブラジルにろくなイメージをお持ちでない方もあるのかもしれないが、そういうこととは、ひとまず関係がないのだ。

わたしの内なるブラジルがわたしを呼ぶ。そしてそれは、いつも輝きに満ちた、力強いものだ。

ブラジル人家族として暮らしていたわたしは、よく親戚中の集まりとか、家人の口癖とかで、「家では、誰かが働かなきゃね」という言葉を聞いていた。英語で言えば、〝Somebody has to work in the house.〟といった感じであろうか。

誰かが病気でも、誰かがなまけものでも、誰かが失職していても、誰かが死んでも、誰かが生まれても、誰かがからだが動かなくなっても。まあ、しかたないじゃない、そういうことだから。働けない人は、働けない。働きたくない人も働かない。

ここで、「働く」ということは、外で賃労働して金を稼いでくる、というだけの意味ではない。家でせっせと掃除したり、ご飯つくったり、子どもの世話したり、老人の世話したり、先祖のお世話したり、家族のために祈ったり、近所の仕事をしたり、まあ、ようするに、それが働く、ということである。

現代日本では「働く」＝「賃労働、つまりは金稼ぎ」というイデオロギーが席巻《せっけん》しており、「金稼いでない仕事は仕事じゃない」とばかりに、家事や子どもを育てることや、人を看取ることなどを蛇蝎のごとく嫌ってアウトソーシングする方向に雪崩《なだれ》をうっているが、そういうことじゃなくて、人間本来の「働く」ということである。

で、「誰かが家で働かなきゃね」、は、家でひとり、ふたり、働ける人が働いたらいいんじゃないの？　という発想なのである。

現実にブラジルでは、中産階級の間でも失業が多かったし、いい仕事もそんなにないし、日本的に言えば〝正社員〟として働いていない人もけっこう多かった。保障もなんにもないけど、一日数時間くらい働いているだけでも、働いている、と言っていたものだ。

そんなところだから、ようするに誰かが終日賃労働して、あるいは自営業で誰かひとりしっかり働いていれば、それはすごい働きもののことであった。そういう人がひとりいれば、まあ、何人かが暮らせる。そして、外で金を稼いでくるだけじゃなくて、家の中での働きもの、多くの場合、女がひとりいれば、家の中は穏やかにまわっていき、みんな安心して暮らせる。だから、「できる人がやればいいんじゃない？」という発想である。

みんながみんな、額《ひたい》に汗して働かなければならない、と思ってなかった（ように見えた）。あなた、働きもの？　じゃあ、働けば？　働くのが好きなのね、じゃあ、やってちょうだい、とばかりに、働きものの家族のまわりには、働かない家族が集まって、みんなでハッピーに暮らしている（ように見えた）。

わたしがブラジルで住んでいた家も、基本的には、夫婦と子ども二人の家庭であったが、四人で暮らしていた覚えはほとんどないのである。失業した夫の弟とか、浪人していて家にもお金がない姪《めい》とか、どこからか親戚が集まってきて、もちろん働かないで、しばらく家《うち》でぶらぶらしていた。

当時の夫はたしかに賃労働をしてそれなりに稼いでいて、わたしも給料をもらう仕事もして、けっこうマメに家で采配《さいはい》も振るっていたから、「働きもの」である、と、認識されていたので、頼られていたのだ。実際、金銭的にもいろいろ助けていた。当時のブラジル人の夫は、そのころは働いていたものの、実は「働きたくない人」であることはうすうす感じていた。

そのあと、あれやこれやあって、離婚し、元夫は、やっぱり働かなくなってしまったが、今度は、親戚のたくさんいるサンパウロで、よく働いている若い家族のそばで、ひとりで働かないでぶらぶらしている様子である。ま、これでいいんだな。家族の中で、誰かが働いていればいい。

一九九六年に出版された長倉洋海《ひろみ》さんの『人間が好き』という写真集を久しぶりに手に

取った。アマゾンの先住民、ヤノマミを撮った写真集で、じつに美しく、添えてある文章も、心を打つ。

九六年はわたし自身がブラジルにいたまっただ中の年で、一時帰国した折にこの本のことを知り、買い求めて、ブラジルでずっと大切にながめていた。住んでいたノルデステ・セアラ州は、インディオ文化を色濃く残すところだったから、ヤノマミの生活にはほど遠いとしても、なんだかなつかしく、ブラジルでこの本をながめることはブラジルにいる喜びをあらためて感じさせてくれたし、ブラジル人の家族や友人たちもこの美しい写真集を見せると、いつも、なんてすてきな本なんだ、と愛《め》でてくれていた。ブラジルから持ち帰ったものはそんなにないけれど、この本はスーツケースに入れて持ち帰った。わたしにとって大切な本なのだ。

その中に書いてある。「よく働く者は、早くから仕事にでかけます。働きたくない者は、ゆっくりとでかけます。ここでは、働かない者をわるく言ったり、追いだすことはありません。よく働く者が、ほかの者を助けます」。

ブラジルは移民の国であり、連邦共和国としての形態はもちろん西洋由来のものであり、先住民迫害、差別の歴史ももちろん、もつのであるが、それでもなお、ブラジルに暮らしていると、ヤノマミら、アマゾンの森に生きる人たちのありようへの深い敬意は、人々の言葉の端々《はしばし》に出てきて、ブラジルの人たちの生活の根っこに関わっているように思われた。

暴力でものごとを解決したりしないんだよ、とか、子どもをとにかくかわいがって、手を上げたりしない、とか、そして、この「誰か働ける人が働けばいい」。

現実に、人間の暮らし、ってそういうものではあるまいか。

自分の周囲を見回しても、そうではないか。「働く人」と「働かない人」、「お世話する人」と「お世話しない人」の二種類くらいしかいないのではないか。産業資本主義社会はその成員のできるだけ多くを「働く人」にしたいみたいだけど、所詮《しょせん》無理な話である気がする。

お世話する人は、えんえんと家族や周囲のお世話をし続けることになる。

あなた、働く人ですか？　お世話する人ですか？

だったらもう、ハラすえて、死ぬまでやりましょう。できるように、せっせと自分を整えましょう。

え？　あなた、ほんとは働かない人でしたか？

だったら、働きものの誰かを見つけて、食べさせてもらいましょう。家族の起源ってそういうものだったのではないかしら。あ、違ったかも……。

手仕事

不器用で雑な人間なので、手仕事らしい手仕事など、なにもできはしない。もう還暦の声を聞こうか、という年齢なのに、このだらしなさはどうだ。布があるから服を縫え、と言われても、端をかがってテーブルクロスにするくらいがせいぜい、ミシンもかろうじて使い方くらいは覚えているが、心もとないかぎりだ。

今を去ること十五年くらい前、生まれてからずっと住んでいたブラジルから日本に来て、東京の区立小学校に入学することになった息子たちふたりのために、近所の友人に借りたミシンで必死の面持ちで「給食袋」「連絡帳入れ」「給食用ナプキン」等々をなんとか縫ったのが、わたしとミシンの最後の記憶である。

それまで長く日本に住んでいなかったため、日本の母親は幼稚園とか小学校に入る子どもたちのためにいやがおうでもミシン仕事をしなければならない、ということをすっかり忘れていたのだ。日本で子どもを幼稚園や保育所に送っていれば、こういうことにも慣れたあとに、小学生になるわけだが、突然、小二と小四を入学させたのでなにも知らなかったのだ。

日本語の会話と読み書きにはほとんど不自由はなかったものの、「気をつけ」「まえならえ」「やすめ」とかいう記号と行動がいっさい結びつかず、給食はバイキングだと思い、体育の時間の五〇メートル走は全力で走るべきである、ということもよく理解できなかった息子たちもかわいそうだったが、親の文化的落差もかなりのものになっていた。国連人口計画に勤め、一年間のサバティカル（長期休暇）を取って小学生連れで日本にやってきた友人も、最も高かったハードルはこの「給食袋づくり」であった、と言っていた。

あとになって聞くところによると、新学期にはそのようなものも、ミシンが家にないお母さんたちがほとんどである昨今、しかも、外国籍のお母さんも増えている今、ちゃんとまとめてスーパーで購入することができるらしいのだが、うちの子どもたちは二学期から突然転校してきたのでそのようなものは売っていなかった、というわけである。

もちろんわたしたちの世代でも手先が器用で、なんでもつくります、という方もおられることは知ってはいるが、ごく普通の日本の女たちは、母親たちも、祖母たち（わたしの世代）も、もうなにもつくらないことになってしまって久しい。必要がない。衣服はなんでも安価で買えるし、なんでも洗濯できるようになったし、ほとんど「使い捨て」状態なのである。

伝承、というものは伝承されないと途絶える。必要がなくなると次の世代が覚える必要がなくなる。

他の本にちらっと書いたことがあるのだが、作家の石牟礼《いしむれ》道子さんと森崎和江さんにそれぞれまったく別々に、「戦後で物資が十分でなかったころ、夫の背広を自分で縫った」話をうかがっている。ほかの洋服をほどいて、背広にしたのだという。

さらっと書くけれど、皆様、どのようなことかおわかりでしょうか。

「他の衣服をほどいて新しい服につくり直す」というのは、実は、和服の伝統からして、しごく真っ当な行為であったのである。「きもの」は、直線の布を裁ち、縫っていくものだ。だから、たたむときれいな、ぺたんとした四角形になり、収納しやすい。洋服が立体的につくってあるから、ハンガーにかけて洋服ダンスにしまうしかないのと比べ、きものは折り目にそって適切にたためば、いくらでもタンスに重ねていけるものだ。

そして、きものは、「ほどいて、洗って、縫い直す」ものであった。汚れると、季節の終わりに、家の女たちは、家族のきものを「ほどく」。きものの縫い目をぜんぶほどいて、「きもの」を「布」に戻す。そして布になった一枚一枚を、水で洗い、「洗い張り」用の竹ひごや板にしわを伸ばしてのりをつけ、「張って」かわかす。そして、きれいになった布をもう一度きものに縫い直すのである。

昭和三十年代生まれのわたしの記憶には、「洗い張り」は存在しない。わたしの母の世代は、その母たち、つまりはわたしの祖母たちがひんぱんに洗い張りをしてきものを縫い直していたことをよく覚えている。きものはそのようにして、ほどかれ、洗われ、縫い直され、新品のようになって、家族一人ひとりにまた届けられる。洗い張りと縫い直し、は、主婦にとって「大切な仕事」だったのである。

石牟礼さんや森崎さんは、現在五十代であるわたしの、母親世代に当たる方たちであるから、「洗い張り」はなさっていたかもしれないが、その親の世代ほどにはなさっておられなかっただろう。しかし彼女たちの脳裏には、衣服とは「ほどいて、洗って、縫う」ものであることは、明らかに刻まれていただろうから、着るものが必要だったり、足りなかったりするときは「ほどいて、洗って、縫った」のである。

つまり、現在八十代くらいの女性たちは、すでに和服を日常となさっていた方々ではないが、手仕事の伝承はしっかりと身につけていた。日本が和装から洋装に変わるところを担った世代だから、せっせと家で縫い物や編み物をやっていたのだ。「洋裁」とか「編み物」は、昭和三十年代生まれのわたしたち娘たちにとって、母親がとにかく時間さえあればやっていた……と記憶する作業である。

わたしたちの多くは、母のつくった洋服を着て、母の編んだセーターを着ていた。つくった服は、大人の服がほどかれてつくられたものであったりしたし、セーターもサイズが合わなくなったり、汚れてきたりすると、「ほどいて」、毛糸を湯のしして、編み直されていた。和服の扱い方の伝統にのっとって、ほどいて、洗って、縫い直して、洋服がつくられていたのだ。「給食袋」や、「連絡帳入れ」はそのころの女たちにとっては、文字どおり朝飯前のなんでもない作業だったにちがいない。


それにしても。

「背広が縫える」というのは尋常ではない。のちに作家として名をなすほどの、知的で才能あふれる女性たちが主婦として暮らしていたころ、背広だって縫った、という現実に、わたしはしばし考え込んでしまうのだ。

ほどいて、洗って、背広に縫い直す。和服の扱いの伝統は、次の世代に、まことに洗練された洋装の手づくりの技を残していたのだ。単なる子どもの服ではなく、仕立て屋がつくると思われるような背広をも、創造できる腕であった。

さて、きものの洗い張りから三世代目、背広が縫える世代からは二世代目のわたしたちは、給食袋にすら右往左往する世代であった。女たちが担ってきた伝承は、わたしの世代が途絶えさせた。特別な職人の伝統技が失われていくことは、喪失感が大きく、悲しみを伴う。しかし特別な職人さんがあらわれるためには、もともとこのような家庭での手仕事を担う膨大な女たち、そして、男たちがいたのだ。その中で突出した腕をもっていたり、そういう家に生まれたりした人が、職人になったのだ。

手仕事は本当によいものです、と石牟礼さんはおっしゃっていた。面倒なことというより、自分が何かをつくり上げる喜びにつながっているし、一針、一針縫い上げていくことは心の平安につながる。

生きづらいとか、いやなことばかりだ、とか、毎日たいへんだ、とか、いったい何にたいへんなのかわからないような日常をわたしたちは過ごしており、この失った手仕事の伝承の大きさなど、もちろん気づく暇もない。背広が縫えた女たちの世代も、だんだん過去の世代になりつつある。記憶にある間に、記憶のみであっても、伝えなければならないのではないか、と自らにあきれつつ、思うのである。

何人か「師」と呼んでいる人がいる。

五十代後半というような年になってそういう人がいること自体を幸運と思うし、また、運だけではなくて、わたし自身が「師」をもつ立場に自分を置くことをこのうえない幸せ、と思うタイプである、ということにも由来している。

会える師もあるし、もう会えない師もある。しかし、「師」をもつことにより、わたしの人生は学びのプロセスとなり、飽きることがない。学ぶ、ということにまさる人生の悦楽というのは、なかなか他には見つけにくい。「学問」やら「仕事」やらが永遠の快楽であるのは、そういう意味において、でもある。

直接会うことができる師のおひとり、高岡英夫先生が、二〇一五年九月に「ゆる体操」をオープン化した。〔※1〕

「ゆる体操」については、メディアや地方自治体での実践、日本津々浦々《つつうらうら》でのカルチャーセンターでのコース開講などを通じてよく知られるようになっているから、今さら詳しい説明も必要あるまい。現代社会を生きるわれわれのからだはストレスや疲労で、放っておけば、こり、かたまってしまう。老化とは文字どおりどんどんからだがかたまってしまうこととほぼ同義である。

実際にこの年齢になると何人かの人を身近で介護し、見送ることになったが、病や老齢による現代の穏やかな死のプロセスの多くは、少しずつからだがかたまり、ある部分が動かなくなり、さらに動かなくなる部分が増え、それと同時に脳の機能も衰え、最後にはすべてかたまることになる、ということはよく理解できた。

動物としての人間の活動の本質は、本来はからだがかたまらないような方向にあり、動けば動くほど快適であり、能力の向上にむかうものであり、その成長の果てに次世代への交代があり、死があったはずだが、われわれは「生の原基」と敵対する文明をつくることに、すでに世紀をまたいで尽力してきたため、現代社会のわれわれの数多の活動は、動物としての人間のありようとは、敵対しているのである。

現代社会での活動の多くを漫然と続けていれば、からだはかたまり続けるのだ。

実際に、肩がこったり、腰が痛かったり、背中がばりばりだったりすると、当然不快で不機嫌になるし、不快で不機嫌な人間には、他の人間との関係性が快調にむかう可能性は狭められる。いろいろうまくいかなくなる。

「ゆる体操」は、そのようなかたまったからだを上手にゆるめることができるように、ていねいにつくり込まれた簡単な体操である。どんなからだの状態であっても、「ゆる体操」のどれかを試してみることは可能であるくらい、軽微な体操も多い。二〇〇二年に具体的に現在の形の「ゆる体操」が発表されて以降、指導員資格をもった人のみが指導できる体制になっていたが、二〇一五年九月にオープン化され、本やYouTubeを見て、独習して、自分で誰にでも教えたり、教えることの内容に組み込んだりすることができるようになった。いわばラジオ体操などと同じような感じで、どこでも、誰でも教えることができる。

奥は深いが、敷居は低い、誰でもできる体操だから、このオープン化により、さらに多くの方に広がっていくことになるだろう。「ゆる体操」により、わたしは日々の自分をよく把握できるようになり、なにがあっても、そうだ、まずはゆるむことから、と自分のからだのこわばりを点検する。

一人ひとりの好みによりさまざまなトレーニングがあるだろうし、なんらかの自分の方法をもっておられるならそれでいいが、それが単なる誰かの直感によるものでなんとなく口伝《くでん》されているよりは、誰もが取り組むことが可能なようにていねいに体系化されているほうがよりのぞましい。特殊な人間のみがアクセスできるようなものでなく、誰にでも手が届くようになっているほうがよい。「ゆる体操」はその段階に入った。誰でも学べるし、誰でも教えられるが、指導員はやはりよくトレーニングされているから、指導員から学ぶとよりよく学べる。わたし自身も指導員資格をもち、指導している。オープン化したことで、指導員としてはより、腕を上げたいものだ、と思う。

高岡先生はよく「後天的天才」という言い方をされる。

先天的な天才という人は、生まれつきその才能があふれていて直感とともにそのように動けたり創造したりできる人たちであり、そういう人は歴史上何人もおられるが、何人かしか、おられない。しかし、方法を見つけて自らを鍛《きた》え磨いていくことで、自分のやっていることを後天的に徐々にすぐれたものにしていき、達人化する道は、誰にでも開けている。

村上春樹さんの『職業としての小説家』という著書は、日々のフィジカルな調整の重要さと、この後天的天才のありようについて、諄々《じゅんじゅん》と書かれた本であると考えている。

村上春樹さんは言わずと知れた現代日本をいや、現代世界を代表する作家である。もともと、本が大好きな方だったというが、自分が作家になるなんて思ってもいなかったという。春樹ファンなら誰でも知っていることだが、ジャズバーをやっていたある日、神宮球場でヤクルトの試合を観戦しているときに、ふと小説家になろうと思い、小説を書いて、小説家になった。

もう三十歳になろうか、というころだったのだから、「先天的な」天才肌の作家、というわけではない。そこからからだを整え、書き続け、黙々と仕事をなさって世界的作家になっていかれた人であり、彼の挑戦はまだ最前線で続いている。

あなたが（残念ながら）希有《けう》な天才なんかではなく、自分の手持ちの（多かれ少なかれ限定された）才能を、時間をかけて少しでも高めていきたい、力強いものにしていきたいと希望しておられるなら、僕のセオリーはそれなりの有効性を発揮するのではないかと考えます。意志をできるだけ強固なものにしておくこと。そして同時にまた、その意志の本拠地である身体もできるだけ健康に、できるだけ頑丈に、できるだけ支障のない状態に整備し、保っておくこと——それはとりもなおさず、あなたの生き方そのもののクォリティーを総合的に、バランス良く上に押し上げていくことにも繋がってきます。

（村上春樹『職業としての小説家』スイッチ・パブリッシング、二〇一五年）

それではどのようにして生き方の質をレベルアップしていくかというと、その方法は人それぞれに「自分の道」を見つけるしかない、と村上さんは言う。

別の本に、村上さんは作家になるには「一に足腰、二に文体」である、と書いている。とにかく、無意識の世界まで降りていって、また、こちら側にしっかり戻ってくることができるだけの生身の人間としてのからだをつくり、きたえることが第一、とにかく、からだをつくること。そして作家として自分自身の文体を持つことが第二、という。

何か書いてあるもの、しかもかなり長いものをわたしたちがどんどん読んでいけるのは、ひとえにその書き手の文体の力なのである。

村上さんが「走る」ことを中心に据えてからだを整えていっておられることは数多の著書でうかがい知ることができるし、毎日早く起きて六〇〇〇字書く、という黙々とした作業の中で、彼の文体はきたえられ、研ぎすまされ、わたしたちを魅了し続ける。彼のつくり上げる物語と彼の存在自体が人間の希望なのだ。

からだのトレーニングを静かに続けていきたい。

いつか死ぬが、達人への道すがらで、死にたい。

そのためにはまだ学ぶことだらけであることの幸運を師に感謝し、自らがやっていることのクオリティーをいささかでも上げられるように、努力を続けたい。道はとても遠いのだが。

※1　高岡英夫『脳と体の疲れを取って健康になる　決定版　ゆる体操』PHP研究所、二〇一五年（この本に記載されている二〇九の体操すべてがオープン化の対象である）

一ヘクタール

出産のことに心をひかれて四十年近く、研究者にまでなってしまったので、それなりに人より長く妊娠、出産について考えてきた。

「自然な出産」とはいったい何なのか、という議論は、いやというほどされてきたのだが〝科学的には〟答えは出ていない。科学で出産を語ろうとすると、それは医療の言葉で出産を語ることになる。出産の安全性とか、母親の精神的安定の出産への影響とか、医療介入の是非とか……。いくら議論を重ねてもよくわからない。

それは、わたしども人類がその生命の連鎖のなかでどんなふうに子どもを産んできたのか、ということを語るためには、まだまだ科学的な研究のほうの歴史が浅くて本質にたどりつけずにいるからだし、ある意味、科学的な研究を重ねるほど本質からはずれてしまったりもしているからである。

近代医学の歴史より、人が子どもを近代医学なしに産んできた歴史のほうがはるかに長く、近代医学なしでも人間は滅びなかったことだけは、ゆめゆめ忘れてはなるまい。だからこそ、妊娠、出産、などという性と生殖に関わる部分についてわたしたちが持つべき態度は、「わたしたちはまだ何も知らないことばかりなのだ、言葉にできていないことばかりなのだ」と、せめて、謙虚であるべきだと思っている。

人間があまり手を加えたり、手を出しすぎたりすることは、謙虚であることからはずれていく。では、どこまでが謙虚でどこからが謙虚でないのか。それが「自然な出産」に関する議論であったから、それはいつもとてもたいへんなことになってしまうのだった。なんだか難しい話になってしまったが、ようするに「人間が人間を産む」ということについてわたしたちは実はまだまだわからないことのほうが多い、ということだ。

できるだけ女性たちが喜びに満ちた出産経験ができるように、子どもたちがそのような至福のうちに穏やかに生まれることができるように、多くの研究活動、啓発活動が行われてきたが、世界に名の知られた自然な出産のイデオローグたちがこのところ次々と他界している。

二〇一四年には、元WHO（World Health Organization：世界保健機構）ヨーロッパ事務局母子保健部長だったマースデン・ワグナーが、二〇一五年には、バース・エデュケーター（出産準備の指導をする専門家）の創始者で、人類学者のシーラ・キッチンガーが亡くなった。

ワグナーは科学者で医者らしく、現在入手可能な科学的根拠をもってしても、女性が自分の力を使って産み、赤ちゃんが自分の力で生まれてくることがいかに重要かを十分に語ることができることを示した。出産の場には無用な介入が多すぎることを指摘して、いかにそれらが現実には女性と赤ちゃんの持つ力を邪魔するようなシステムにつながっているのか、を、舌鋒《ぜっぽう》鋭く語ることができる、自然な出産の議論の最先端を走る人だった。

キッチンガーは女性人類学者らしく、「どのように産むか、はどのように生きるかにつながる」と言い、女性のセクシュアリティーについて多くの示唆を与える発言をし、そして、「子どもをつくったベッドで子どもを産む」ことがどんなに大切かを語り、自宅出産の重要性を説いていた。

現代日本の文脈で、自宅出産の重要性を説く、などということは、あまりに現実とはかけはなれていることだから、あえて口にしない。だからといって重要な問題ではない、とは、言えない。日本は出産に関しては自由診療の体制だから、女性は自宅出産から大学病院でのお産まで、自分で選ぶことができるし、それぞれのレベルでお産を介助してくれるプロフェッショナルを探すことが可能である。

実際に個人的な友人として、自宅出産を取り扱っている助産師たちのすばらしい活躍も知っているから、日本では「自宅出産は望めば十分に可能」である、とは申し上げておこう。しかし、「子どもをつくった所で子どもを産む」ことが大切だから、自宅出産を奨励しましょう、と言えるほどに日本の周産期医療がオープンであるはずもないのである。「子どもをつくった所で子どもを産む」ことが重要であると示す科学的根拠を出せ、と言われても、今のところ、まったく、ない。しかしわたしは、シーラ・キッチンガーという、稀代《きたい》の直感の人が言ったことを忘れはしない。今の科学の言葉で示せなくても、直感の人が「重要だ」と言ったことは、実は本当に重要なことだった、とわかるときがいつか来ない、とどうして言えよう。時代から遅れているのは、実はわたしたちのほうかもしれないのに。

キッチンガーがこの「子どもをつくった所で子どもを産む」ことの重要性について語っていたのは一九七〇年代だったか、八〇年代だったか。それからとにかくもう四十年近い年月が経っていることは確かだ。

先日、本当に久しぶりに、この、「子どもをつくった所で子どもを産む」ことの重要性を語っている本に出会った。

「子どもが受胎した同じ場所で出産も行われなければならない」。きっぱりと書いてある。『アナスタシア　響きわたるシベリア杉シリーズ』という二五カ国で翻訳され一〇〇〇万部以上を売ったと言われているシリーズの四冊目「共同の創造」、に出てくる言葉である。アナスタシアと呼ばれるシベリア、タイガの森の奥深くに住む女性と出会ったウラジーミル・メグレというロシアの起業家がこれら一〇冊のシリーズの著者であり、日本では今までに五冊が翻訳されている。

スピリチュアル系の本の一種だろう、と拒否反応を示す人も、懐疑的に笑う人もありそうだが、メグレがアナスタシアの言葉として伝えるさまざまなストーリーからは、はっとするほどに独創的、かつ、本質的で、現代社会への具体的な処方箋となりうる示唆を得ることができる。

アナスタシアは具体的に「一ヘクタールの土地」を自分のものとして持つことを提案する。一ヘクタールとは三〇〇〇坪であり、広大な土地である。土地は樹々という生きた塀《へい》によって囲まれ、土地の四分の三は森に仕立てられ、畑をつくりニワトリやヤギを飼い、家を建てる。そこは家族の場となり、人はそこで生まれ、そこで死ぬ。先祖たちはいつもそこに生きる子孫たちを見守り、そこから都会に出た人も、自らを癒す必要があるときはいつもそこに戻ってくる。「存在するすべての法律の中から、最大限都合のよいものを活用して」そのような場をつくることが必要なのだという。その一連の提案の中に「受胎した場で生まれる」ことの重要性も述べられているのである。

なんという現実味のない夢物語か、と思われるだろう。三〇坪に満たない土地の住宅ローン返済に生涯をかけるわたしたちに、三〇〇〇坪の土地とはいったいなにごとか、と。

しかしわたしたちの誰もが本当はそういう暮らしを文字どおり夢見るし、そのようなところで生きるべく人間はつくられているのではないか、と実は直感では知っているのではないか。

二〇一五年春、ロシアのプーチン大統領は、極東の一ヘクタールの土地をロシア国民に無償提供する、というアイデアを指示した、と伝えられた。その土地は最初は無償の使用が許可され、その後、利用目的が禁じられていない活動であれば、私有財産として認められる、五年間放置されている場合は、没収される、と言われているという。

ロシア国民はどうやらアナスタシアの提案を実行するきっかけを得てゆくらしい、とわたしには聞こえた。ナイーブと言われようと。

タス通信で配信されたというオリジナルのニュースは見ていないし、北方領土を含む地域であるから、北方領土支配の固定化ではないか、とも言われているのだが、この「一ヘクタールの土地の分与」の話題は、「受胎した所で産む」と重なって、どきどきさせるビジョンとなってわたしに迫るのである。

※2　日本語で読めるのは以下の五冊である。著者はすべてウラジーミル・メグレ。
『響きわたるシベリア杉　シリーズ1　アナスタシア』二〇一二年、ナチュラルスピリット
『響きわたるシベリア杉　シリーズ2　響きわたるシベリア杉』二〇一三年、ナチュラルスピリット
『響きわたるシベリア杉　シリーズ3　愛の空間』二〇一四年、ナチュラルスピリット
『アナスタシア　ロシアの響きわたる杉　シリーズ4　共同の創造』二〇一四年、評論社
『アナスタシア　ロシアの響きわたる杉　シリーズ5　私たちは何者なのか』二〇一五年、直日

民族衣装

幼いころから何が好きか、若いころから何に夢中になるのか、というのはおおよそ霊的なことである、としか言いようがない。その人を他の人間と違うものとしていく決定的なことであるのだと思う。

どんな環境で育てられても、その傾向がおさえつけられることがあったとしても、おさえようもなく出てくるものが、誰にもある。「民族衣装への憧れ」、は、わたしの若いころからの理由のつけようのない「熱い感情」であった。理由は、ない。ただ好きだったのだ。

生まれて初めて降り立った外国の地は二十代の初めに訪れたパキスタンであった。一九八〇年初頭、ヨーロッパやアフリカに渡るために最も安いチケットを提供していたのはパキスタン航空であり、当時、金のない学生や研究者やバックパッカーは皆、パキスタン航空を使っていた。搭乗するなり、パキスタン航空の客室乗務員のグリーンの民族衣装とピンクのショールに心を奪われた。見慣れた細身の客室乗務員ではなく、迫力満点の力強い体型に、グリーンの民族衣装は実によく似合っていた。

パキスタンは、ラワルピンディのマーケットでは、普通のTシャツに膝下の丈の長いスカートをはいて歩いていたのだが、人ごみの中、なんだか妙にまわりの男性の「手の甲」がお尻あたりに触れている気がする。別に露出的な服ではないけれど、このイスラム圏では十分に挑発的な衣装であることに気づいて、マーケットでパキスタンの民族衣装、サルワカミーズとショールを買った。

ゆったりとしたパンツに膝下丈のチュニックを合わせ、涼しくて動きやすいし、白い半透明のベールはまるで花嫁のかぶりもののよう。この衣装をつけていると「手の甲」は触れなくなり、「ネパールから来たの？」と尋ねられながら、ラワルピンディのマーケットを快適に歩くことになった。その美しさと気持ち良さは、もともと民族衣装に憧れていたわたしの心をいっそう熱くした。

当時、まだ二十代前半のわたしに、サルワカミーズは、けっこう似合っていたと思う。自分でも気に入ったし、まわりにも当時は若かったこともあるけど、なかなか可愛いじゃないか、と言ってもらったりして、満足していた。そのあと、順調にアジア各地の民族衣装に次々と、はまり、タイのパートゥン、インドネシアのサロン、ミャンマーのロンジン、インドのサリー。全部、着方を覚えた。民族衣装が大好きだったのだ。ベトナムには行くことがなかったけれど、もちろん、世界で一番エレガントでセンシュアルな民族衣装アオザイは、知り合いの中で一番最初にベトナムに行った人に買ってきてもらった。これもなかなか似合うと思った。

しかし、これは、別に「わたしって、何着ても似合うの」と、自慢しているわけではないのだ。

これらの民族衣装は、わたしに似合うだけではない。誰にでも似合う。そのようにできている。体型、顔だち、背丈、年齢、そういうものにかかわらず、民族衣装というのは誰にでも似合うようにできている。いや、誰にでも似合うものだからこそ、民族衣装としてここまで残ってきたのだ。

西洋由来の近代的なファッションのように、からだの線を必要以上に強調したり、露出しなければならなかったり、足が長くないと似合わなかったり、背が高くないと着こなせなかったり、妊娠したり、太ったりしたら着られない、とか、そういう服は、民族衣装としては残っていかない。体型もある程度カバーされ、歳がいっても、着られるから民族衣装なのだ。

かように民族衣装にはまったわたしの行き着く先は当然のごとく、であるが、この国では、きもの、であった。ほぼ毎日のようにきものを着て、とりわけ、日々の仕事を含む公の場にはほとんどきもので出るようになって、すでに十数年が経つ。すでに老齢と言える五十代後半の今、あれだけ憧れ続けた民族衣装を毎日着られるようになって、実に満足である。

昔のおばあちゃんたちがよく言っていたように「きものは慣れれば楽」だし、草履《ぞうり》も歩きやすいし、暑いのか寒いのかわからない気候にもよく合っているので、もう、わたしは死ぬまでこの民族衣装を着続けるであろうと思うことが、幸せである。

先日、ある雑誌の取材で、「誰のきもの姿に憧れてきものを着はじめたのですか」、という質問をされ、ふと考えたが、誰にも憧れていないことに気づいた。誰かの美しいきもの姿に憧れたのではなく、きものという民族衣装そのものに憧れたのだ。

今は、きものに落ち着いている民族衣装への憧れであるが、そのような憧れの源泉が、パキスタンのサルワカミーズだったので、ムスリム女性（ムスリマ、と言うらしいが）のファッションには常々注目していた。あのゆったりとした風になびくような衣装の美しさに惹かれるのである。からだを隠す、髪の毛を隠す、顔を隠す、ということ自体も魅力的だった。女性への抑圧、とか、そういう話だけでは片づけられないファッション性、もあると思う。

アフガニスタンのカブールは八〇年代にはミニスカート女性も多い近代都市だったが、その後、そういう格好ができる国でなくなったのは周知のとおりである。頭からすっぽりと全身を覆うブルカの着用を義務付けられていたが、そのブルカ自体も美しくて、アフガニスタンに赴任した友人に買ってきてもらった。真っ白なブルカと、真っ青なアフガニスタンの空のようなブルカであった。青いブルカは今も持っているが、数え切れない細かいプリーツが歩くたびにさらさらと揺れて美しい。

下には何を着ていても、気にせず出かけられそうなのも嬉しい。こういうイスラム教系のファッションも、西洋ファッションみたいに流行するといいのに、と実はいつも思っていたのだ。

そうしたら、とうとう、ユニクロが、ムスリム女性のデザイナーの作品を売り始めた。これが実にすてきなのである。マレーシアやインドネシアのアジア市場が意識されているようで、バジュクロンやケバヤなどが中心だが、からだの線をあまり出さないゆったりした長いワンピースもすてきだし、ふんわりしたパンツやスカート、長袖のブラウスも美しい。からだの線をあまり出さずにおしゃれを楽しみたい中年女性には、ぴったりの服装だと思う。髪や頭を覆うヒジャブも買ってみたけれど、とても美しい。

何より感心してしまったのは、通気性の良い、「インナーヒジャブ」である。髪の毛が見えないように、顔の部分だけが出て、襟元まで覆う通気性の良い「キャップ」というか「帽子」というか、そのようなもの。マレーシアあたりのムスリム女性はインナーヒジャブをかぶってから、ヒジャブをつける、ということが想定されての商品だろうと思う。

しかし、ムスリム女性でなくても、インナーヒジャブは髪を日差しから守ったり、あるいはちょっと寒いときの防寒のためだったり、髪型に自信がないとき、などにも使えるのではないか。購入してみたが、これがなかなか美しい。たとえば、病気の治療などで髪の毛が抜けてしまっている方など、このインナーヒジャブをつけて、ヒジャブをかぶっていたら、とてもエレガントに装えてすてきではないかと思う。

いよいよ、イスラム教の女性たちのファッションがわたしたちに影響を与えるようになってきたのではないかしら、と、実はすごくわくわくしている。

西洋近代のもたらしてくれた衣食住の豊かさと人権や民主主義の発想に、わたしたちは安寧《あんねい》の多くを負うているが、それだけでは何か足りない気が、誰にでもしているのだ。

その思いが、このような女性のファッションの上で相対化されていくことは、とても気持ちの良い異文化理解につながりそうに思えて、とても楽しみなのである。

第4章　あなたの望んだ世界

あなたの望んだ世界

卒業論文提出の時期である。女子大の教員なので、師走《しわす》は女子学生たちの卒業論文とことんまでつきあう時期なのだった。

わたしの担当学生は二年生からゼミ生になるので、三年間のつきあいになるから、卒業するころにはゼミ生同士もわたしも、お互い、裏も表もわかるような感じになる。卒論はテーマ探しが九割、と常に言っているので、毎年、よくこういうテーマを考え出したな、というようなテーマが出てきて、飽きない。

今の若い女性たちがなにを考えているのかわかる機会があることは、いい年のわたしには、ごほうびのようなよきことである。

今年「なぜ若い世代は結婚できないのか」をテーマに選んだ学生がいた。非婚化とか、晩婚化とか、言われて久しい。わたしの勤め先、津田塾大学は一九〇〇年からずっと、黙々と「社会で活躍することができるオールラウンドウーマン」の育成にあたってきた。学生さんにもそれはよく理解されていて、津田塾で勉強していると、みんな「仕事がしたい」と言うようになり、「女子大だから卒業して結婚でもしよう」と思っている人はいないのである。

いや、もっとも、いまどきの学生さん、津田塾でなくてもどこでも同じかもしれないけれど。いわゆる〝キャリア志向〟の学生さんが多いから、結婚はしなくてもいい、と考えているのかもしれない（津田塾の卒業生の三分の一は結婚しないで仕事に邁進《まいしん》、とか、いや、そうではあるまい、そういう人は、四分の一だ、とか、まことしやかに学内でささやかれたりしている）と思うと、そうでもない。いまどきの若い学生さんたちはけっこう「結婚したい」と言っている。仕事もしたいし結婚もしたい、と言う人が、まあ、多い。

このテーマを選んだ学生もご自身、ぜひ結婚してみたいそうで、ご自身の周囲もけっこう結婚したい女子が多いと言う。今は別に結婚したくてもしたくなくても、実際にしてもしなくても、本当にどちらでもいい、というぐらいには寛《ゆる》やかな世の中になっているから、そういう意味ではよい時代になった。彼女たちは無理矢理見合いをさせられたり、なにがなんでも故郷に戻って結婚せよ、などとは言われていない。言われてはいないけれども、本人たちは、けっこう、結婚したいらしい。お見合いも、故郷に帰るのも悪くない、と思っているふしもある。

そしてまた、ご存じのように公的機関も少子化対策やら婚活やらに乗り出す時代だから、周囲も若い人には結婚してほしい、と思っている。自分たちも、周囲もみな結婚したいのだと言う。

しかし、今の状況を見ていると、なんだかできそうにない。いったいなぜなんだ。本人たちも結婚したいし、まわりもさせたいのに、なぜできないんだ、というのが、卒業論文執筆のために彼女が立てた彼女の疑問だった。

この国が「皆婚《かいこん》社会」と呼ばれていたのはそんなに昔のことじゃなかったじゃないか、と彼女は思う。二〇一四年現在、六十代、七十代の多くは結婚している。その年齢以上で、言い方は悪いが「誰でも結婚できた」ころの人の話を聞けば、何か参考になるかもしれない。

聞いてみると、「誰でも結婚できた」ころ、もちろん、結婚した人たちは、「すごく結婚したくて」していたわけではなかった。結婚したくないけど、親が、もういい年をして、と言うし、二十五過ぎたら「もらって」くれる人もないぞ、などと周囲に言われて、しぶしぶ結婚したりしていた。恋愛なんか別にしていなかったし、恋愛と結婚は当然別のことだった。「結婚してから恋愛が始まったわね」なんて楽しそうに言う人もいたが、おおむね、この「皆婚社会」に肯定的な話はあんまり出てこなかったらしい。

いわく。結婚は、もっと自由で、本人の意思だけで決まるようにすべきだと思う、女も結婚のことは気にしないで、やりたい仕事をどんどんしたらいいと思う。勉強もやりたいだけやればいい。男も女も平等なんだから、男にもっと家事をさせたらいいと思う。家事と子育てだけが女性の人生じゃない。子どもも産んでもいいけど、産まなくてもいいと思う。やりたいことをもっと思いっきりできたらいいと思う。


「皆婚時代」の女性方のお話を聞いていて、学生は、気づく。

この世代、つまりは今六十代とか七十代とかそのあたりの女性たちが望んだことがこういうこと、つまりは結婚も自由に、仕事も平等に、子育ても家事も女の仕事って言うだけじゃないようになってほしい。それって、今、けっこう実現してるんじゃないのか。

いまどき、結婚しろ、などと言う親も周囲も本当にいなくなって、若い人に結婚のプレッシャーはない。結婚してもしなくてもいいし、無理矢理の見合い、とかないし、職場で結婚のことなど口にされたら、セクハラなので、堂々と異議をとなえてよくなった。結婚、という手続きをふまなくても、一緒に住むことだって別に珍しいことではない。結婚式に行っても「仲人《なこうど》」という人が出てくること自体がまれになった。

結婚はやりたいようにやってもよくなったのだ。やりたいようにやれ、と言われると、何やったらいいかわからなくて、結局やらない人が増えてくるのもしかたのないことなのだが。

仕事の上での平等はまだまだ進んでいないので「女性が輝く社会」はまだまだ推進されねばならないそうだが、いまどき「仕事をしたい」と言う女性に「女は家にいろ」と言う男性は結婚できないのみならず、周囲からものすごい批判の目にさらされる。

実際に管理職は少ないし、まだまだ女性の職場環境が整っていないところもあるし、保育所だって足りないようだが、経済界の要請ともぴったり合っているから、今後も「女性に仕事を」と皆が望むことは増えるであろう。

子育てだって家事だって、いまどき女性だけに任せておいてよい、とは、政府レベルから個人の生活レベルまで、誰も思っていない。家事も子育ても夫婦と家族とみんなでやるものなのだ。

これって、すべて、前の世代が望んだことではないのだろうか。

六十代、七十代の「皆婚社会」にあった女性たちが望んでいたこと。完璧ではないとはいえ、ほぼ実現の方向にむかっているのではないのか。

学生さんは、「わたしたちは、したくても、なかなか結婚できない、と何となく悩んでいるけれど、これは全部、前の世代が望んだことだったんですね」と、深く納得した顔をしていた。

わたしたちは否応《いやおう》なしに前の世代の遺産である現在を生きている。そこには今の世代の不満も、不平も、文句も、いろいろあるわけではあるが、先の世代を背負ってわたしたちが在る、ことはいつの時代も変わらないのだ。

今、なにを、どのように望むのか。

そのビジョンと、大勢の思い、というのは、いろいろなチャンネルを通じて、次の世代に伝わっていく。

もちろん政治や経済といった大状況も影響するが、たとえば、お母さんが子どもを育てる、とか、ご飯を食べながらどういう話題を取り上げるか、とか、そういうレベルでも、確実に次の世代に影響していく。当たり前と言えば当たり前のことなのだが、そういうことである。

だとすれば「わたしたちが望んでいるようなことは、次の世代できっと実現するんですよね」と学生が言うようなことになるのだ。

　さて、わたしたちは、この豊かでありながら、貧しく、貧しいとは言いながら、あふれかえるものに囲まれているこの時代、何を望むのか。一人ひとりの心のうちなる希望やビジョンが、結果として次の世代の住む世の中をつくる。

　自分勝手になるのはやめておこう、とひっそり思うのである。

安産

女子大に勤め始めて十一年、そろそろ卒業生の出産の知らせが舞い込むようになった。今年だけで五人くらい生まれているような気がするし、昨年から考えると一〇人くらい生まれているのではあるまいか。

そのうちのひとりは、陣痛が始まったので産院に電話したが、「初産なんだから、そんなにすぐ生まれませんよ、まだまだ大丈夫ですよ」と言われたので家にいたが、どうも生まれそう。やっぱり産院に行ったほうがいいなあ、と家を出かけたところ、すごいいきおいで赤ちゃんが降りてきて、玄関で産んでしまった、と言う。

本人は、けっこう冷静で、あ、産まれちゃった、ちゃんとくるんであげなくちゃ、と落ち着いてバスタオルで赤ちゃんをくるみ、産院に電話した。助産師さんはもちろん驚いて、「すぐ救急車で来てください」ということになったらしい。

陣痛くらいで救急車はいらないから、最近は陣痛のときに呼べるタクシーの制度などが整ってきているが、さすがに生まれたということなら、救急車で行ってもいいと、わたしも思う。赤ちゃんもお母さんも無事で、一人で産んだ、という事実が、彼女をずいぶん自信に満ちた母親にしている。

今の世の中、もちろん、自分一人で産まないで、しかるべき介助者のもとで産むことがよい。これだけすぐれた介助者である助産師や産科医がいる国なのであるから、そして、お産難民、などと言われようと、産院がなくなってしまった、と言われようと、この国ではなんとかすれば出産介助のプロを見つけられるだけの情報とシステムはあるから、ぜひぜひ利用してほしい。

しかし、生まれてしまったものはしかたないし、間に合わなくて生まれてしまった、は、実はたいへんな安産でありえる、ともいえる。

実はこの方は「開発途上国の、ある州における自宅出産禁止について」の研究をした人であった。その州では、施設出産を勧めており、自宅出産は禁止となっており、自宅出産を介助した介助者も、産んでしまった女性もおとがめにあう、ということになってしまった。もちろん当局としては悪気があるはずもなく、彼らは彼らなりに「出産の安全」をめざしているわけである。「施設での出産」と「計画された自宅出産」の安全性は変わらない、という科学的根拠はあるのだけれど。世界中で「出産の安全のためには施設分娩推進」と思われている。

自宅で産んではいけない、ということに当惑する母親たちや介助者たちのインタビューをしてきた彼女は「まさか、自分が家で産むことになるとは。こういうことも、場所によっては、おとがめにあうわけですよね」と、感慨深げだった。人生かけて追っていくテーマになった、と言う。まことに人生に起こることは意義深いことばかりだ。

玄関で産んだ彼女は極端な例とも言えるが、そのほかの卒業生たちからも、「産院に着いて一時間で産みました」とか「二時間半で産みました」とか「四時間で生まれました!」とかいう知らせが届く。早ければよい、というわけでもないことは百も承知の上、みんな安産で何よりだなあ、と思う。微弱陣痛で何日も苦しんだあげく帝王切開、ということになっても、母子ともに元気なら誰もなにも文句を言わないし、わたしもけっこうなことだと思うが、安産に越したことはあるまい。本当によかった。えらく簡単そうに産んでいるではないか、と、ふとわたしは気づいた。皆、安産じゃないか。

わたしは母子保健の研究者である。お産や子育てのことをいろいろ研究してきた。そして、自然なお産がいかに母親にとってよき経験でありえるか、を研究してきた。でもまあ、それはわたしの研究の一つである。それを勤め先の教え子に諄々《じゅんじゅん》とさとしているわけではない。講演会をすると、「こういう話が聞ける学生さんはいいですね」などと言われるが、講演会でするような話は、大学で教えていない。大学では、自分の国際保健などの専門分野を講義し、学生の論文指導を黙々とやっているのである。

だから、学生相手に講演会で言うような「自然な出産」とか「母乳哺育のすすめ」とか「おむつなし育児」とか「月経血コントロール」みたいな話を、いつもしているわけではないのだ（たまにはすることもあるけど）。

ゼミ生でもわたしの本など手に取ったこともない人がほとんどなのではあるまいか？教師としてのわたしは、研究者だったり、ものかきだったり、講演したりするわたしとはちょっと違って、ただただ個人的な教師—学生関係の中で生かされているにすぎない。だからお産はどうこう、とか、あんまり学生に言ってない。

それでも、とりわけゼミ生は三年間一緒に過ごすから、お互い裏も表も知り尽くすようなディープな関係になる。そういう中で、直接話をしていないようなことでも、わたしの考えていることは非言語メッセージとして彼女たちに伝わっているのかもしれない。いや、伝わっているのであろう。

「お産はたいへんなだけではなくて楽しい経験です」「そんなにこわいものじゃなくて、産んだらまたもう一人産みたい、とかすぐ言う人もいる」とか、そういう非言語メッセージが。

これだけ一時間で産みました、とか三時間で産みました、とか、あっという間のお産でした、などという話を聞いていて、五件めくらいで、ふと、そういうことではないのか、と考えたのである。

他の著書で何度も引用させてもらっているが、一九七〇年代、山梨県棡原《ゆずりはら》地区の話。産婆もおらず病院もないのに、この村では産前産後ずっと、新生児死亡率、妊産婦死亡率がきわめて低い。家族計画協会は、その秘密を知りたくて、七〇年代に調査に入っている。小柄でほっそりしたおばあちゃんたちはみんな口を揃えて「お産はなんでもないよ」「何人でも産めるよ」「誰でも産めるよ」「たいしたことないよ」と言う。

いったいなにがよかったのか、さっぱりわからなかった、というような調査結果であるが、ここには重要なことが示されている。女の子として生まれたときから、「お産なんかなんでもない」、というメッセージしか聞いていなかった女性たちは、長じて、「なんでも

ない お産」を延々と続けることになっていた、という話である。

ただの話ということなかれ。

からだと自分に自信を持ち、大丈夫、と思うことが、その人を大丈夫にするのだ。誰でも産めるのだから、わたしだって産める、と信じられるのだ。その信条が、一人ひとりを強くする。

「お産は苦しい」「妊娠出産は女性の人生の妨げ」「子育ては負担」と言いつのり、わたしたちは若い世代に呪いをかけていないか。

わたしは妊娠出産に肯定的な経験を伝えたいと思っている。そのことが、ひょっとしたら、椚原に通じるようなものになっている、とは言えないか。お産はなんでもないよ、楽しいよ、と言っているから、みんな簡単に産んでいるんじゃないか。

いや、過信はすまい。どんなお産をする卒業生も、いや、子どもを産まない卒業生も、男性パートナーがいらない卒業生も、みんなみんな、愛しているから、「卒業生はみんな安産」とか、絶対言いたくない。しかし、現実には、わたしに届く話は、安産が多いのだ。

鼻からスイカ出すみたいに痛い、とかピアノ出すみたい、とかろくでもないことを言われたり、お産はたいへん、おっぱいはたいへん、子育ては虐待の温床、とか、女を脅してろくなことはない。

それは呪いである。

若い女性には、出産も子育ても楽しいよ、女のからだを生きることは豊饒だよ、更年期もまた、楽しいよ、というメッセージを、祈りとして届けたい。

誰になんと言われても、言い続けることにしたいし、そうならなかった人には、心尽くして寄り添っていたい、と思うのである。

幻想であっても

東京の人が親切になった、という話は、ここ数年、耳にしてきていた。

けっこうクールで人のことにかまわない、知らん顔していると言われていた大都市東京に住まう人が、二〇一一年の東日本大震災以降、実に親切になった、と多くの人が言うのだ。困っている人を見ると、すごく気軽に声をかけてくれる。行動も素早い。とくに若い人が親切だ、と、何度も聞いている。

足をひねって骨折した友人は、しばらく両腕に松葉杖を抱える状態だった。慣れていないから、不便だし、つい、もたもたしてしまう。動きづらいから立ちすくんでしまったりもする。とくに、駅は人も多いし、階段もあるし、いろいろ怖い。ところが電車に乗ろうとすると、荷物を持ちましょうか、大丈夫ですか、手を貸しましょうか、と次々に若者たちが声をかけてきてくれるのだと言う。

挙げ句の果ては、階段で、「おぶってあげましょうか」と言う若い男性まで出てきた。とくに小柄でも極端に痩《や》せているわけでもない彼女は、恐縮してことわったというが「なんか、ものすごく親切なんですよねえ」と感心していた。繰り返して言うが、東京の話である。

その松葉杖の話からほどなく。ある金曜日の夜十一時ごろのことである。わたしは結婚パーティーの帰りだった。花嫁から、テーブルをかざっていたきれいな花鉢を紙袋に入れて、ひとりずつ、お土産にいただいた。白とグリーンとうすい黄色の、それはそれはかわいらしい花であった。

ところがどうやらその花鉢から水が漏れていたらしい。知らない間に紙袋が濡れていたのだろう。東京都心、地下鉄赤坂見附《あかさかみつけ》駅の満員のホーム（東京では、金曜夜十一時にはメインの駅はたいへん混雑しているのである）で、紙袋がやぶれ、花鉢が落ちて、音を立てて陶器の鉢が四散した。

ごめんなさい、とわたしは思わずまわりの人にあやまったが、周囲にいた一〇人ほどのスーツ姿の男性たちが、口々に、「大丈夫ですか」「けがはありませんか」と言って、まわりとわたしを気遣ってくれる。落ちた花や鉢のかけらをひろってくれる。一人の男性が、「この袋に入れたらどうですか、どうぞお使いください」と袋をさしだす。

以前だったら、もっと冷たい視線が寄せられていた、と思う。しかし、そのとき、こんな混んだところで、こんなヘマをやりやがって、迷惑な……という態度はまったく見られなかった。すぐに制服を着て腕章を付けたホームの警備員さんがやってきて、集められた花や、鉢のかけらや、袋やらをうけとり、ほうきを使ってさっと掃除をして、「あ、後は大丈夫ですから。捨てておきますね！」と快活に言ってくれた。時間にしてほんの数分。皆、何事もなかったかのように、次に到着した丸ノ内線に乗りこんでいった。唖然《あぜん》とするほど、見事な声のかけ方で、大したものだ、と思ったのだ。震災以降、「東京の人が親切になった」を、まさに実感する出来事だった。

わたしたちは欲深くて自分勝手で怠惰でワガママでどうしようもないやつだが、しかしこれではいけないのではないか、とやっぱり省察する動物でもある。考えて、省察して、成長したい。

人と比べて自分が抜きん出たい、とかそういうことじゃなくて、自分が人間として成長したい。よき人間でありたい。そしてそれは、遠い世界で実現されることではなく、今、この目の前で。そういう欲望は、やっぱり誰にでもあるんだと思う。心はより開かれていたい。なんともいえない親密さに満ちているところで暮らしたい。お互い助け合いたい。傲慢だったり、慇懃《いんぎん》無礼《ぶれい》だったりするのではなく。

若い人を見ているとそのふるまいはより気持ち良いものになっているように見える。思えば、親しくしている二十代の若者とその友人たちの謙虚さよ。

「オレが、オレが」という団塊の世代前後までの、目を覆いたくなるようなエラそうな態度は、現在の二十代には、その片鱗《へんりん》も残っていない。「君たち、えらいね、ちっとも、オレがオレが、って言わないのね」と言うと、「日本人って、もともと、謙虚で慎《つつし》み深くて、ほがらかにしていたんでしょ。僕らのほうが王道だよね」と言う。おっしゃるとおりでございます。

わたしは確かに、この若者に、今や国民的ベストセラーとなりつつある渡辺京二氏の『逝きし世の面影』［※1］をプレゼントしていて、彼はこの本が好きだと言っていたのだ。江戸末期から明治初期にかけて日本を訪問した西洋人たちがどのように日本を見ていたか、という本である。

近代とは何か、を生涯かけて問うている渡辺京二氏の筆致によるものであるからこそ、西洋人の目を通して描かれる前近代を生きるこの国の人たちの、人なつこく、人情味あふれる、ほがらかな様子は、深く胸に残り、わたしたちが「近代」で得たものと失ったものが、際立って目に見えてくる本なのである。

その渡辺京二氏は、熊本にずっとお住まいで、二〇一六年四月の熊本の震災で被災された。幸いご無事で、四月二十八日の熊本日日新聞に、「荒野に泉湧く」という文章を寄稿しておられる。

熊本はたいへんな状況なのだが、そんな中で、福岡から熊本に来た記者の方が、JRに乗ったら、大きな荷物を抱えている人たちがお互いに席を譲り合って誰も座ろうとしないとか、コンビニで買い物するだけでも店員さんが話しかけておられるとか、道ですれ違う人にも、たいへんだったでしょうと、自然に声をかけている、とか、まさに『逝きし世の面影』の日本人のような人なつこさ、人と人との垣根の低さが立ち現れていることが記されている。

自閉していた心が開かれたのではなかろうか。瓦礫《がれき》の中から、かくありたい未来の人間像が、むっくり立ち上がったようにさえ見える。個として自立していながら、いつでも他者に心が開ける人間。束の間の幻影かも知れない。復興の過程ではかなく消えていく、いっときの和みかも知れない。それでもわたしたちが、何かきっかけをつかんだのは確かだ。

（渡辺京二「荒野に泉湧く」熊本日日新聞三面、二〇一六年四月二十八日）

災害は厳しいものであり、多くの被災した方々には、ただお見舞いを申し上げ、心を寄せるばかりだ。しかし、そのような災害の最中に、一日一日、日常を回復していくプロセスのうちに、このような、心が開かれるような思いが組み込まれるということ。人間存在の豊かさよ。それを荒野に湧く泉、と言われているのだ。

こういうことを言うと、いや、東京でも親切じゃない人もいっぱいいて、ひどいこともたくさんある、とか、どうしようもない若者も増えている、とか、熊本でも嫌なことはいっぱい起こっているのだ、報道されていないだけだ、と言う方がいつもあるし、それを否定するつもりもない。

非人間的なことは、平常時でも非常時でもいつも起こる可能性があるし、とんでもないことをする人間も残念ながらどこにだっている。人間の闇の部分を一掃することなどできはしないし、やろうとすれば、強制収容所送りになることは、歴史が示している。

しかし、このようなときにあっても美しいものが立ち上がり、泉が湧くのだ、というこの渡辺氏の文章へのなんとも言えない共感に涙ぐんでしまうのはわたしだけではあるまい。

結果としての、絶え間ない天災。人工的な造成と建物と暮らしの中、この国の誰もが被災者になりうるような、そんな今にあって、たとえ幻想に導かれていようとも、心は常に開かれてありたい。

※1　渡辺京二『逝きし世の面影』平凡社ライブラリー、二〇〇五年

キューバ再訪1

三年前、二〇一三年に初めてキューバを訪ね、驚いたのは、経済的に厳しい状況の国なのに、なにもかもよく機能していることだった。

ホテルに泊まっても、なにも問題がない。高めのホテルなのだから問題がないのは当たり前だろう、と言われるかもしれないが、そうでもないわけで、開発途上国だったり、社会主義の国だったりすると、かなりの値段のホテルでもお風呂はあっても栓がなくてバスタブにお湯が入れられなかったり、微妙に掃除がゆきとどいていなかったり、何かのランプが切れていたり、なにかしら機能してないことがよくあるのに、ここはすべて機能している。機能しているだけではない、そこには、機嫌のよさと、機嫌のよさに由来する「ちょっとプラスα」のサービスもくっついている。

ベッドメイキングしてくれるお姉さんは、いつもベッドカバーを折り紙のようにして、ツルや扇やリボンの形にきれいに飾り付けてくれていたりする。お掃除のお姉さんに「午後はゆっくりしたいので午前中にお掃除してね」と頼むと、とびきりの笑顔で、「わかったわ、必ずやるから心配ないわよ」と、ウインク。そしてちゃんと午前中に掃除ができている。

別の日、ホテルに荷物を取りに戻ると部屋は掃除中だった。お姉さんはほがらかに、にっこりして、トイレットペーパーでつくっているペーパーフラワーを見せながら、「I am very sorry、今掃除していてほんとにごめんなさい、これあなたのためにつくっていたのよ」と実に屈託なく明るく笑う。そこに微塵《みじん》の屈折も卑屈さも感じられない。この階層の人たちがこのようである、ということがすごいと思う。

何度も言うけど、日本では当たり前かもしれないけれど、開発途上国だったり社会主義の国だったりすると、いくら良いホテルでもこのように機能してはいないことも少なくないのだ。さらに、とりわけ開発途上国では働いている人たちを「搾取している感じ」がつきまとうことも少なからずあって、とりわけラテンアメリカの他の国ではそういう感じもあって、いい気分がしないけど、キューバは違う。働いている人たちは、お掃除の人からウェイターまで、イミグレのお姉さんから運転手のおじさんまで、みんな総じて機嫌がよく、誇りの感じられる人たちなのである。

イミグレのお姉さんたちはぴったりしたカーキ色のジャケットにミニスカートの制服を着て、黒の網タイツをはいて、色っぽくてかっこいい。街を走る数多《あまた》のビスタクシー(自転車の人力車風タクシーがビスタクシー、三輪自動車のタクシーがココナッツのような形をしているからココタクシー）運転手のたくましいお兄さんは「いやあ、今日は君たちのようなすてきなお客さんを乗せたから、いい日だね」なんて、リップサービスだとわかっていてもその笑顔で言われると、わたしたちにもいい日になるのだった。

どこに行ってもバンドが生演奏をしている。それが実にレベルも高いし、みんな楽しそうなのだ。音楽が暮らしのなかに息づいている。バンドをやっている人にも公務員は少なからずいたらしいんだけど、音楽が好きで好きでたまらない、というのがその演奏から感じられて、いやあ、キューバはすごいところだ、と思ってしまう。

ラテンアメリカは楽しいところだけれど、貧富の格差は尋常ではなく、おおよその都市の治安は悪くて、夜一人で出歩くなどとんでもない。しかし、キューバでは街中を夜一人で歩いても何の問題もないくらい、治安がいい。惨《みじ》めな子どもたちが物乞いをしていたりすることもなく、歩いているだけで、これはまずい、と感じられるようなぴりぴりした感じがない。

うすうすは、キューバはそういうところでないかと思っていたのだ。八〇年代にアフリカで働いていたキューバのドクターや、九〇年代にブラジルに働きに来ていたキューバのドクターたちに出会ってきたけれど、彼らがあまりにもすばらしい人たちだったから。腕がいい医者たちなのに、世界のどこにでも見られる医者の権威的態度とは一切縁がなく、どんな貧しい人たちにも優しく丁寧に接するキューバ人ドクターたち。フィデル・カストロは国民一人に、ドクター一人を養成すると言ったらしい、というまことしやかな噂が流れるほど革命後に多くの医学部をつくり医師を養成したキューバ。それによって、キューバはその厳しい経済状況とは裏腹に、先進国並みの健康指標を達成してきた。

それは、まず、専門医ではなくプライマリーレベルで活躍できる「家庭医」として訓練されているキューバ医師の、非権威的でフレンドリーな態度に負っている、ということをしみじみと知った、二〇一三年の最初のキューバ訪問だったのだ。

国中に広がる家庭医医療ネットワークに支えられたレベルの高い医療は無料。老いても病を得ても「いざというとき」の心配がない。これまた無料の教育のレベルも高く、基本的な食糧はびっくりするくらい安価で手に入る。そういうところでは、治安はよくなるのだ。

それから三年。アメリカと国交を回復したキューバを再訪した。

さしあたりは、良くも悪くも、キューバは何も変わっていなかった。「広告」というものの存在しないことの清々《すがすが》しさも、キューバ人の機嫌のよさも、クラシックカーと自転車タクシーと三輪車タクシーと普通の車の混在する道路も、家庭医たちの働きも。

一九六〇年生まれのスザナさんにとってキューバ革命後の歴史は自らの人生と完全に重なっている。ロシア語と日本語の堪能《たんのう》なスザナさんは言う。キューバ人はね、そこにあるものでなんとかする、ということが大事だと思っているの。いろいろたいへんなことがあってもね、身の回りにあるなにかと、まわりの人たちとで、なんとかできる、と思っているの。なんとかしてきたしね。

九〇年から九四年が本当にたいへんだった。ソ連時代には石油は蛇口からひねれば出てくるくらいたくさんあったんだけど、それがなくなった。車も街を走らなくなり、道路は野球ができるくらい空いていた。だから、みんな自転車で働きに行くようになった。わたしも子どもを自転車に乗せて学校まで送ったのよ。子どもたちは大喜びだったけどね。

ソ連から送られてきていた殺虫剤や農薬がまったく手に入らなくなったから、結果として自分たちの近所にある土地を耕して都市の有機農業を始めることになったの。だって、農薬、殺虫剤、ないんだもん。育つように育てるしかないわよね。キューバ人は「ありあわせのものでできるように」考える、っていうのはそういうことなのよ。なくても育つようにマリーゴールド（根に線虫の防除効果がある）を植えたり、いろんな種類の野菜を一緒に植えたり、いろいろな工夫をして、野菜をつくった。でも食べるものは足りなくてね、みんな痩せていた。今八九キロあるんだけど、そのころは五四キロしかなかった。手に入った食べ物は子どもたちに食べさせていたから、痩せちゃったの。

フィデル（カストロ元首相のことをキューバの人はそう呼ぶ。現カストロ首相はラウル、と呼ばれている）はよく勉強するし、いろんなことが客観的に見えている人。彼のすごいところはね、たとえば次のような話をするとわかるかな。

八〇年代に彼が行った演説がある。記録に残ってるから見ることもできるので、ウソじゃないわよ。彼は「キューバがアメリカと国交を回復するには、アメリカに黒人大統領が誕生して、ラテンアメリカ出身者がローマ法王にならないと、できないことだ」って言っているのよ。一九八〇年代には、黒人がアメリカ大統領になることは想像することすらできなかった。カトリック人口が多いからといって、ラテンアメリカ人がローマ法王になることも、まさに想像の枠を超えていた。そういう時代。冷戦の只中。

聞いた人はみんな、「ふーん、そうか、キューバとアメリカが国交回復する日は来ないな」と思ったものです。でもね、見て。アメリカと国交回復したキューバにやってきたのは黒人大統領だったし、大きな役割を果たしたと言われるローマ法王はアルゼンチンの人。時代が変わったのね。

アメリカが入ってきてキューバにはマクドナルドがいっぱいできるんじゃないかとか言う人もいるけど、できないと思いますね。キューバは社会主義の国ですから。何を取り入れて何を取り入れないかは、国が決める。キューバは一番底辺の人たちがどうすれば暮らしていけるのか、を大切にしている国。それは変わらない。

人間は、自由を求めるものである。もっと自由を。

それは押しとどめることはできない。それは人間の欲望とほぼ同義である。資本主義は人間の欲望を満たすためには最適なシステムであった。だから無敵である。

アメリカと国交を回復してこの国がどうなるのか、キューバを訪れる外国人は、他人事《ひとごと》ではなく、心配する。それはもちろん、欲望に流されてきた自分たちの失ってきたものをキューバに見ているからにほかならない。

スザナさんの言葉にキューバ人の底力を感じつつ、キューバの未来の安寧を祈らずにはいられないのだった。

八月をハバナで迎える。ハバナ市街から車で三十分ほど、マナグアのポリクリニコ（地域の病院）とファミリーヘルスクリニックと呼ばれる家庭医の診療所を訪ねる。マナグアは言わずと知れたニカラグアの首都と同じ名前。何か関係があるの、どういう意味なの、と尋ねるがとりわけ意味もないらしい。インディヘナ（ラテンアメリカの先住民族）経由の言葉であるという。

ハバナ市街を出るとすぐに広がる広大な緑の風景。そこにエリート校、レーニン学校が忽然《こつぜん》と現れたり、巨大な貯水池が現れたりするのを横目で見ながら半時間、二つのちょっと平たいおっぱいみたいな二つの並んだ山が見えてきて、その麓《ふもと》がマナグアである。地元でもその二つの山は「マナグアおっぱい山」みたいに呼ばれているそうだ。ハバナからそんなに遠くはないけれど、いわゆるsemi-rural area《セミ　ルーラル　エリア》の条件をいくつも備えているところでもあり、経済条件が芳《かんば》しくない家族がたくさん住んでいる地区でもあるという。

約一万八〇〇〇人の人口が暮らし、一五のファミリードクターのクリニックがある。だいたい一〇〇〇〜一五〇〇人を一人のファミリードクターがカバーしている。それらのファミリードクターのクリニックと、このポリクリニコと呼ばれる病院で一万八〇〇〇人を診ているのだ。ポリクリニコには三九二人の従業員、そのうち五三人が医者、そしてその医者のうち一三人がブラジル、四人がベネズエラに働きに行っている。大卒看護師は五三人、一人が海外に出ている。リハビリスタッフは二二人、うち三人は外国に出ている。病院で一日一〇〇人くらいの患者を診ていて、ファミリードクターのクリニックでは一日だいたい二〇〜二五人を診ている。

海外に行く人はどうやって決めるの？　人が出て行ったらそのあとどうするの？　足りなくならないの？　と訊いたら、それはみんなから見て優秀と思われる人が自分も希望したら海外に行くのだという。そして「たくさんスタッフがいるから」お互いにカバーするので別に海外に行っても大丈夫なのだという。

確かに患者は殺到しているふうもなく、スタッフはたくさんいる。本当に充実した人員配置であることは、素人目にもわかる。誰もバタバタしていなくて、落ち着いている。病院の雰囲気にとげとげしいところが微塵《みじん》もなく、スタッフも患者もなんだかほがらかなのだ。

歯科の診療室に入るといくつも診察台があって、患者の治療が行われていた。わたしたちが入っていくと、マスクをかけて治療をしていた若い男性のドクターが、やあ、という感じで手を振ってくれる。そうしたら、患者の女性が、笑いながら、ドクターの顎《あご》を持って自分のほうに向けるのだ。「よそ見してんじゃないわよ。わたしの治療中でしょ」という感じ。お互い笑っているし、冗談半分なのだ。こんな気楽な歯科医と患者の風景は、日本ではまずありえない。

リハビリの部屋に入っても、スタッフが十分であることがうかがわれ、まるで知り合いの子どもにマッサージするみたいに、スタッフが母親と一緒にいる幼い子どものリハビリをしている。家族が連れてきた患者のからだを一緒に動かしている。ここでは家族は排除されていなくて、一緒にリハビリに自然に参加している。なんといってもスタッフの態度が友人に接するように穏やかで親密な感じなのだ。

病院は確かにものすごく古びた機械ばかりしかない。機械らしい機械がない部屋も多い。リハビリも見るからに古いか基本的な器具しかないし、レントゲンの機械もひと昔どころかふた昔は前のものしかないようだ。しかし、どの部屋も実に気持ちよくきれいに掃除が行き届いていて、機械もよく使い込まれている。スタッフの身なりもこざっぱりときれいで、患者たちも途上国の病院によくいる、惨めで放っておかれている棄民《きみん》、という感じは微塵《みじん》も感じられない。スタッフも患者も、人間として穏やかに病院という場を共有して、リラックスしているのは驚くべきことだ。

日本人が見学に来るのだから、良いところばかり見せようとしているのだ、とか一番良いように見せようとしているのだ、とは言ってもらうまい。わたしは長く国際保健の仕事をしてきており、そこでいろいろなヘルスファシリティーの調査やそこで働く人たちの技能に関する評価や調査にも関わってきた。誰か調査観察者がいるとき、わざわざ自分の悪いところを見せようとする人はいない。

誰か見に来る人がいれば、しかもそれが何らかの〝評価〟につながるものであるとすれば、「自分の一番良いパフォーマンス、施設の一番良いところ」を見せようとするのは当然だ、とわれわれも見る。そして、「これがベストパフォーマンスで、ベストな施設のありようだとしたら、普段は推《お》して知るべし」、というように報告書を書くのである。

ベストパフォーマンスのはずなのに、患者に対してただ、権威的だったり、優しい物腰など微塵も見られなかったり、患者が多いから、とか場所がないから、といって、患者が不適切なところで無用に長く待たされたりしている。汚い床が放置されていたり、片づけるべきものを片づけてなかったりする。ベストパフォーマンスでこれなら、調査に来ていない普段は、おそらく想像に余りある。

ところがキューバはどうだろう。病院はどこもきれいにこざっぱりとして、患者たちは実にリラックスして、スタッフの動きにもとげとげしいところがない。患者は優しく接されていて、誰も放置されたりしていない。これがベストパフォーマンスで普段はもっと「ひどい」、ということになるとしても、いったいどこがどうなれば「ひどい」状態になりうるのか想像できないくらいすべてがよく機能しているのである。

どこに行っても清々しく、楽しそうなのだ。どのファミリードクターに訊いても、きっちりと自分が診ている患者の数を把握しているし、みんな、そのクリニックの上の階に住んでいて、必要があればいつでも対応しているのだ。午後は往診らしいが、往診は車で行くの？　と訊いたら、あら、歩いて行くのよ、ははは、と明るく笑う。

自分に優しいよく話を聞いてくれるよく知ったドクターがいつも自分のそばにいてくれるのだとしたら、何を心配することがあるのか。専門の医師が必要なら、ポリクリニコに行けば診てもらえる。

「ただ」で「いつでも」医者がいるとなれば、患者はそこに通い詰めて必要ないことでも訊きに行くようになるのではないか、と思われるかもしれないが、それは逆だとわたしは思う。お金も必要なくていつでも医者がいてくれる、という安心感があれば、患者は安心できて、そんなに病院に行かなくなる。不足感があるから、通い詰めることになるのだ。

それは教師と学生の関係でも同じだと思う。

いつでもなんでも訊きに来なさい、いつでも何時でも電話しなさい、わたしがどこにいてもメールしてきなさい、と言っておくと、学生からの連絡と対応で忙しくてたいへんなのではないか、と思われるが、実際にはわたしがいつでも対応する、ということがわかっていると、逆に、連絡してくる学生はあまりいなくなるのである。だから、連絡してくる学生には十分に対応できる時間がいつもある。もちろんそれは適正な数の学生を見ているということが前提であり、キューバのファミリークリニックの場合も、適正な人員配置がされている、ということに担保されているわけだが。

それにしても、この医療機関の清々しさと明るさよ。フィデル・カストロ、あなたの偉大さをわたしはただ、感じずにはいられない。

あなた一人の発想とビジョンと実行力がこの国を至極短い間に変えてしまい、それは半世紀経って、数多の苦難を経てもまだ継続している。それらは文字どおりキューバ国民に支援されているシステムなのである。

そんな天国みたいなシステムはない、そうは言ってもこんな悪いところもあんな悪いところもあり、文句を言っている人もこんなにある、と、言いたい人には言わせておこう。どのようなシステムにも欠点はある。しかし「一番底辺のために政府がある」というこの国に、人間としての誇りと誠実を感じるのはわたしだけではないのだ。

エルサルバドル、そして再びキューバのこと

一九九〇年代半ば以降、五年間、ブラジルで「出産のヒューマニゼーション」という仕事に関わっていた。

狭い分娩台の上で身動きができないような形での仰向けでのお産を強いられたり、陣痛中も飲まず食わずで、じっとしていなければならなかったり、優しい言葉の一つもかけてもらえなかったり、施設での出産が増えるとともに、出産が非人間的な出来事となって、女性の産む力、赤ちゃんの生まれる力が生かせないお産になってきたことへの、アンチテーゼであった。

日本の、主に開業助産師さんたちの力を借りながら、生理的なプロセスを大切にした「人間的なお産」を広めていくような仕事であったのだ。結果として、当時の国際協力事業団、現在の国際協力機構（ＪＩＣＡ：Japan International Cooperation Agency）の医療協力プロジェクトとしては、よい評価を受ける仕事となり、その後、「出産のヒューマニゼーション」は名前を変えながら、アルメニア、カンボジア、マダガスカル、セネガルなど多くの国で、日本の国際協力のもとにプロジェクトが進められてきている。あまり知られて

いないかもしれないが、日本の助産の良さをいかした、特色のある技術協力の仕事の一つとなっているのだ。

「出産のヒューマニゼーション」を中米のエルサルバドルでも始めよう、としておられる若い研究者の方があり、このたび、二〇一六年八月にエルサルバドルの首都、サンサルバドルの国立女性病院に出かけてきた。国内で最も中心となる産婦人科医療の施設である。真面目で、勤勉、「中米の日本」と言われるエルサルバドルの方々との仕事は楽しかった。本当に、必要なら残業もしてくれて、土曜日も働きに来てくださる、というエルサルバドルの方の仕事へのメンタリティは日本人と似ているのだ。

「出産のヒューマニゼーション」は、結果として、新しいいのちが、この世に生まれてくるとき、できるだけ優しく受け止められるように、という仕事でもある。思えば、アルメニアとかカンボジアなど虐殺の経験が生々しい国や、エルサルバドルのように、厳しい内戦の記憶を残すような国で、こういうプロジェクトが立ち上がっていくことを偶然とは思えない。

厳しい歴史を経てきたからこそ、これから新しく生まれるいのちは、できるだけ優しく受け止められてほしい、という願いが込められているようにも感じる。託されているものがある、と思うような仕事をさせてもらえることは、とてもありがたいことだ。

エルサルバドル国立女性病院のスタッフたちとの仕事の途上で、「キューバに七年いた」という医師、エドグアルドに出会った。前項でもキューバの医療を取り上げたが、エドグアルドの話は、また驚くべきキューバの現実を伝えていた。彼の話どおりに書くので、現実とは違うところがあるかもしれないし、数字や年限に関して、「ウラ」をとっていないので、正確ではないところがあるかもしれないが、彼の話は生き生きとしていて、キューバで若いころの七年を過ごした喜びに満ちている。

だいたい一九九九年から二〇一〇年の間に、キューバ政府は約二万七〇〇〇人の医師をラテンアメリカ全域から招待して、六年とか七年の期間をキューバで暮らして研修するようにしてたんだよ。贅沢な暮らしはできないけどね、暮らしと研修のお金はキューバ政府持ちだった。

キューバ独特の、コミュニティに住み込む家庭医、ファミリードクターの制度を学ぶ。みんな、二十代から三十代の若い医師ばかりで、そうだなあ、コスタリカとかブラジルとかホンデュラスとかグアテマラとか……とにかくたくさんの国からドクターたちが来ていた。ニカラグアからはとくに人数が多かったね。エルサルバドルはそのころ正式な政府同士のつきあいはできなかったみたいだから、僕たちは大学を通して派遣されていた。
僕も七年間キューバで研修して帰ってきた。キューバのプライマリーケアは本当にすばらしいからいい経験だったし、何より、ラテンアメリカ中の人たちとの出会いはかけがえのないものだった……。

わたしはエドグアルドの言っていることが、ちょっとよく理解できないくらい、びっくりした。キューバはソ連から多くの援助を得ていた国だったから、ソ連崩壊後の九〇年代前半は、キューバにとって実に厳しい時代であった。その直後に、キューバは、ラテンアメリカの二十代、三十代の医師たちに何年にもわたって研修の機会を提供していたというのか。

ハバナにはラテンアメリカ医科大学、という無料でアフリカやラテンアメリカ、アジアの学生たちが医師になる機会を得る大学があることは知っていたが、この「ラテンアメリカ医師研修」は、また、別の話である。経済的に厳しい時代に、キューバはラテンアメリカ中の二万人を超える若い医師たちをキューバに招いていたのである。それも一人につき、六年も、七年も。

逆に言えば、ラテンアメリカ中から、それほどたくさんの二十代、三十代の医師が、二〇〇〇年前後に、「キューバに行きたい」と思った、ということをも、示している。

ラテンアメリカ全域に広がる、キューバという国への敬意は、ことあるごとに感じていた。キューバ音楽や、文化への敬意はもとより、やはり、アメリカから泳いで渡れるような距離にありながら、アメリカに真っ向から対立したカストロやゲバラへの敬意はラテンアメリカ中で共有されている。

キューバ革命は、マルクス・レーニン主義、というよりむしろ、ホセ・マルティンの汎《はん》ラテンアメリカ主義に裏付けられており、ホセ・マルティンやシモン・ボリバルの思想は、キューバやボリビアのみならず、ラテンアメリカ全域をカバーするような発想であることも、長年感じていたことだ。現在どのような政権を持とうとも、ラテンアメリカの多くの人たちから、キューバは敬意の眼差しを向けられているのである。おそらく、だからこそ、これだけの人数の若いラテンアメリカの医師たちがキューバ研修の機会を受け入れたのであろう。

ことはそれほど単純ではなく、プライマリーケアと家庭医療中心のキューバ医療は、アメリカ式の専門医療（日本ももちろんそうである）中心の他のラテンアメリカの医療制度とは相いれず、キューバの医師や、キューバで研修した医師たちが、ブラジルやエルサルバドルの専門医から、冷ややかな目で見られていることも知っている。プライマリーケアと、専門医療の共存は、それほど簡単ではないのである。

しかし、ラテンアメリカ全域に、現在三十代後半から四十代になる中堅の医師たちでキューバで長期間の研修を受け、キューバの家庭医療を学び、キューバのやり方に敬意を払い、キューバの人たちに親和性を高めている人たちが二万人以上いる、という現実はただごとではない。この人たちはほどなく、各国の保健医療の中枢を担う人材となり始める。

静かに、しかし、確実に、ラテンアメリカの医療は変わっていくにちがいない。

このようなことは、キューバに関して、ほとんどアメリカ経由の情報しか入らないこの国なので、記しておくことが必要かと思った。わたしたちには知らない世界、というのがまだまだたくさんあるのだ。

アメリカと国交を回復したのだから、キューバもアメリカによって根こそぎにされて、変わってしまうだろう、という予測が、簡単には当たらないだろうと思われることは、グローバリゼーションの荒々しい渦の中で生きているわたしたちの、小さな希望でもある。

エメランス

エメランスは、はにかんだ笑顔がとてもすてきな十九歳の女の子。コンゴ民主共和国（以下、コンゴＤＲＣ）のギラギラした巨大な首都キンシャサから、コンゴ川を船で遡ればだいたい二日くらい、セスナ機で飛べば、キンシャサからほんの一時間くらいで、テケと呼ばれる人たちが住む地域に着く。

野生動物の保護をしているＮＧＯが運営しているファームに、フランスやベルギーや日本やイギリスや、あちこちから来た研究者とか、ボランティアとかが泊まり込んでいる。電気も水道もガスもないが、自家発電をしているから夜も電気があるし、水はきれいな水を水源から汲《く》んできてもらい、飲み水もシャワーもトイレも不自由がない。各自、曲がりなりにも自分の部屋があって、プライバシーのある生活もできる。実に立派な、研究やボランティアワークの拠点となっているのだ。

エメランスは、親戚がこのファームで働いていて、夏には研究者たちがもっとやってきて、人が増えるから、と誘われて、働きに来ている。泊まり込んでいる外国人たちの洗濯を担当したり、掃除をしたり、キャッサバの粉をついてフーフーをつくったり、いつもきびきびと働いていた。カラフルなTシャツにぴちっとかっこよく腰巻きの布を巻き（ビランバ、と言っていたが、ビランバは衣服一般を指す言葉でもあるらしい）、スタイルもいいし、表情も豊かで、かわいい。

ファームにはエメランスのほかに、料理をする男性や、ドライバーや、森の案内をするトラッカーや、お掃除をする男性など、たくさんの人がいて、家族も住んでいたから、子どもたちもいた。テケの人たちだから、自分たちの言葉はテケ語なのだが、コンゴDRCの〝Street Language〟つまりは、コンゴの共通語としてのリンガラ語も、みんな自分の言葉のように繰ることができる。

私は北東ブラジルにけっこう長い間住んでいた。世界の名だたる工業国の一つでありながら貧富の格差の激しいブラジルの中、北東部は、一番貧しい地域で、そういう地域ではこういう「お掃除をしてくれる人」「洗濯をしてくれる人」などいわゆるワーカークラスの現地の人たちの教育レベルは、お世辞にも高いとは言えなかった。そういう人たちはせいぜい小学校にちょっとだけ行っているかいないか、という程度なので、文字をまったく読めないわけではないが、書くのも読むのも、苦手だった。

ブラジルのわが家で掃除や洗濯や料理をしてくれる人たちには、できるだけ文字のメモではなくて、口で説明するようにしていた。彼女たちから文字で書いたメッセージをもらうこともなかった。読み書きは彼女たちにとってはとても難しいことだったのだ。

アフリカの真ん中の大国、コンゴDRCは最近までザイールと呼ばれていた、旧ベルギー領の国である。いわゆる「フランス語圏アフリカ」にある。なんとなく、私はこの国で、こういう「お掃除」「お洗濯」「料理」をしてくれる人たちの教育レベルも、北東ブラジル程度ではないか、という、先入観としか言いようのない根拠のない漠然とした感覚を持っていたのだが、そういう予想は軽く裏切られた。

男女を問わず、彼らはしっかりと文字を書き、読み、書き言葉を繰る人たちで、きちんとした文章でメッセージを託すこともできるし、わからないことがあれば、彼らに書いて説明してもらうこともできる。

エメランスは、近くの村にあるセカンダリースクールの六年生、つまりは日本の高校三年生である、という。セカンダリースクールを出れば、教員として小学校で働くことができるらしく、けっこうレベルの高い教育がされているようで、どの科目が好き？　とエメランスに訊くと、そうね、教育学ね、という返事が返ってきた。

電気も水道もなく、野生動物のいる森林を裏手に控え、広大な大地に夕焼けの沈む、まさに middle of nowhere（何もないところの真ん中）というか、たいへんな田舎、そういうところでこうやってお掃除お洗濯をしてくれるお姉さんが、きちんと高校の最高学年に通い、教育学など、勉強しているのである。

ファームにいる人たちもそれぞれ教育を受けており、リンガラ語は書けるし、読めるし、フランス語もそこそこできる。小学校では低学年からフランス語をやっているらしい。コンゴＤＲＣ、テケの人たちの教育レベルは高い。

エメランスが生まれたときにつけられた名前はチャミ、という。エメランスは、そう、フランス風、っていうかな、ちょっと西洋人ぽいニックネームね。みんな生まれたときの名前とは違う、西洋っぽいっていうか、ワシントン、とか、ジャムズとか、エディーとかね、あとからつけられた名前ね、小学校に行くと最初からフランス語を習うから、ほら、そこでだんだんそういう名前を使うようになるのよ。だから、わたしはエメランス。彼女は自分の名前を書いてくれる。仕事の合間には木陰でせっせと友人に出す長い手紙を書いている。筆跡は美しくて、しっかりしている。試験もあるからね、勉強しなきゃいけないのよ。

ところで、と、ファームにいる外国人の一人を指して、エメランスは言う。ねえ、彼、すてきだわ。あの人いくつかしら。知ってる？　三十二歳？　そうなの。で、あの人、奥さんは、いるのかしら……。

わたしのリンガラ語は、学び始めて数日、幼児以下のレベルなので、「彼に奥さんは、いるのかしら」という、エメランスの訊きたい文章を、わたしに理解させるために、エメランスはずいぶんな苦労をしなければならなかった。

わたしの数日分のリンガラ語も、一週間の付け焼き刃《ば》フランス語も、同じくらいひどいのだが、一週間のほうが数日よりマシなので、わたしはおぼつかないフランス語も使ってエメランスと会話らしきものを必死でやろうとしているのだ。

エメランスが、わたしに、「あなた、結婚してるの？　ご主人いるの？」と言うから、主人は去年死んだのよ、と言うと、じゃあね、それは Na zali na mobali te. と言うのよ。Na が自分のことね、zali na が持ってるってことで、mobali が男。「わたしには男がいる」が、Na zali na mobali、つまりは「主人がいる」っていうことで、リンガラ語は、否定形は最後に te ってつけたらいいのよ。

だから、あなた、ご主人死んじゃって、「わたしには主人はいない」は、Na zali na

mobali te. いい？　わかった？　言ってごらん。そうそう、なかなか上手じゃない、いい発音ね。リンガラ語、わかった？　だから、あの、すてきな人に奥さんいないわよね、は、A zali na mwasi te. なの。Aが、「彼」、mwasiが「女」。わかった？　やれやれ。そんで、だから、わたしはね、あの彼に、奥さんいるの？　あなた、知ってる？　って、訊いてるわけよ。

還暦前のわたしは、十代のエメランスの女子トークのお相手になりながら、リンガラ語レッスンを受けているのだ。エメランスの説明は理路整然としている。なるほど、Teが、ノー、なわけか。では、返事は、Teです。あの男性、独身です、奥さん、いません、とわたしが答えると、エメランスは本当に嬉しそうな顔で笑った。

その夜、エメランスは、気に入った彼の部屋のカーテンをそっと開けて、ベッドに座って、にっこり笑って彼が部屋に戻るのを待っていたそうだが、彼は部屋に入ってきてはくれず、驚いた彼は、エメランスとにこやかにおしゃべりするどころか、ベッドに座っているエメランスを見て、なんと部屋から逃げ出してしまったのだという。

文化の違いをなんとかしなければならない、と思ったらしい聡明なエメランスは、翌日は、このお気に入りの男性の「上司」にあたる研究チームの「隊長」（ヘビースモーカー）に、たばこを二本渡して、「わたし、あの人とお話がしたいの。そういう機会をつくってくれないかしら」と直訴《じきそ》していた。上司から攻める、というエメランスの戦略はなかなかのもので、わたしは彼女の恋が成就するように祈っていたのだが……。さて。

その数日後、彼女は彼女自身に何の非もない理不尽な理由で、突然ファームを解雇されることになり、小さな荷物をまとめて、言葉少なにファームをさっさと出て行ってしまった。お別れの言葉も言えなかった。

アフリカの女性の地位向上、とか、教育レベルを上げなければ、とか、男女の平等、とか、いろいろなプラスチックワードが行き交う国際援助の現場。そういう言葉を使って「アフリカの女性たち」を語りたくない。

理不尽なことは山ほどあると思うのだが、勉強をしながら、働いて、恋もして、大好きな男の人をゲットしようとしているエメランスの瞳の輝きをこそ、胸に携えて、わたしも働いたり、勉強したり、恋をしたりしたい。

彼女は「Na zali na mobali te.（わたしは主人を亡くして一人ものです）」な、わたしに、希望をくれたのである。

第5章　愛することと祈ること

連れ合いの叔父は、七十一歳で、沖縄は嘉手納《かでな》で亡くなった。沖縄の人、というわけではない。東京生まれの東京の人であった。離婚もして、勤めていた会社を定年まで勤め上げて、ひとりで沖縄に行ったのである。

それまで沖縄が好きで、よく沖縄に行っていた、とか、沖縄に縁があった、とか、沖縄に友人とか、恋人とかがいた、というわけでもないらしい。定年したら、暖かいところに行きたい、と常々言っていたらしいけれど。出版関係の仕事をしていて、その関連の労働組合の仕事はもっと熱心にやっていたから、それなりの〝政治的〟コミットメントもあって、沖縄に行ったのだと思う、おそらく。読谷《よみたん》とか、嘉手納とか、そのへんに住んで、いったい何をしていたのか、くわしくはわからないけれど、『週刊金曜日』の読書会をやっていたことがあった、とは聞いた。

この人は、わたしの連れ合いのロールモデルであった。こんなふうになりたいな、こんなふうに生きたいな、あの人がやっているようなことをやりたいな。そういう身近な憧れを持つことは、自分の進む道の方向づけをするようなもので、人生において起きる、とてもよきことのひとつだ。

　ましてやそういう人が身近な親戚のうちにいれば、それはとりわけよろこばしいことではあるまいか。幼いころから一貫して、その人の姿を追うことができるからである。

　連れ合いの母は、七人きょうだいの長女だから、彼女の一番下の弟は、わたしの連れ合い、つまりは自分の息子と年が同じくらいだった。一昔前には、同じ年齢層の叔父とか叔母がいることはちっとも珍しいことではなかった。この叔父は連れ合いより九歳年上、という、連れ合いにとっては、ほどよい「大人」で、幼いころからよく遊びに連れて行ってもらったり、おいしいものを食べさせてもらったりしていたのだという。

　実家は商売をやっている家だったから、子どもたちは大学進学をまったくすすめられたりしていなかったが、くだんの叔父は、親の反対を押し切って、自力で都の西北の大学に進み、政治を学び、六〇年安保を生き、出版社に入って労働組合の幹部となり、オートバイに乗り、市民運動に関わった。

　この人が連れ合いのロールモデルだったから、その憧れは、明確に連れ合いの進むべき道を決めたため、連れ合いは、都の西北の大学のライバル大学で政治を学び、学生運動でヘルメットをかぶり、出版社に入って、労働組合をつくって、オートバイに乗って、市民運動やＬＧＢＴの運動にコミットメントをもつような生き方をしたのである。そこまで、完璧なロールモデル踏襲である。

最終的に嘉手納に住んだ叔父は、持病もあったし、酒も好きだったし、具合が悪くなるたびに、酒量も増えていったようで、つきあっていたらしい沖縄の彼女とも別れたみたいでひとりで住んでいて、最後のほうは電話しても、どうもろれつがまわらなかったりして、うまく話せていなかった。

それでもわたしたちは、それは彼の酒の飲み過ぎだ、くらいに思っていたから、それほど急を要するような事態が進行しているとは認識してなかったのだが、ある日、新聞受けに新聞がたまっていることに気づいた近所の人によって病院にかつぎこまれ、そのまま亡くなってしまった。そのときには妻も子もいなかったから、叔父の弟とわたしの連れ合い、すなわち甥《おい》が、ふたりで沖縄に出向き、最期を看取り、茶毘《だび》に付し、お骨を東京に連れて帰ってきた。

さて、墓はどうしよう、ということになったとき、親戚中で一番仲のよかったうちの連れ合いが、うちの墓に入れよう、と提案した。適度に近代的な考え方の持ち主ばかりが集まる親戚だったから、それならそれでいいよ、ということになり、「うちのお墓」に入ってもらうことになったから、それからあとの叔父の供養は、きょうだいとともに、うちの連れ合いも、中心になってやってきている。

ロールモデル踏襲型の連れ合いとしては、本当は、叔父のようにひとりで酒浸りになって、言葉は悪いが「のたれ死に」のような死に方まで、真似したいようだが、そうは問屋がおろしません。わたしのようなおせっかいな連れ合いがついているので、ロールモデル踏襲の完璧さは、ここで崩れるのだ。きみは「のたれ死に」はできません。

この叔父は、けっこうチャーミングな人だったから結婚、離婚も含め、何人かの女性と親密なパートナー関係を結んでいた。彼が亡くなってわたしたちが気づいたのは、彼はどの女性からもうらまれていないようである、ということであった。

そして、それは彼が「いい男」だったことはもちろんだけど、もうひとつ、とっても重要なファクターがあった、ということに、遺品を整理していて気づいた。彼は別れた女性には、その理由如何《いかん》にかかわらず「住む家」か、「かなりの高額なお金」を渡しているのである。一介のサラリーマンだから、そんなに大金持ちであったはずもないが、ためてきたお金でいろいろなことをやったようだ。

お金で済ませた、と言うことなかれ。お金は愛の流れである。だから、彼が死んだとき、手元に残っていたのは、葬儀と墓づくり、そしていくばくかのきょうだいたちへの「おこづかい」程度のお金、だけであった（それだけ残っていれば立派なものと言える）。彼の死に際して何人かの彼の元パートナー（たち）に連絡したが、彼女たちは皆、涙を流して彼の死を悼《いた》み、いかに彼が良き人であったか、を、語り続けた。

わたしから見ると、それは、彼の人となりのみではなく、渡したお金に関わっている、と、けっこう、思った。まわりにいる「すごくいい男でいい人」たちのうちにも、死んだときに別れたパートナーに優しい涙を流してもらえそうにない人も少なくない。

男たちよ、金をためて、別れる女に差し出そう。死んだときにいい涙を流してもらえるよ。死んだときのことなど知ったことではない、という唯物論に逃げ込む方を、もちろん非難しておりませんが。

しかしここで書きたいのは、叔父と金の話ではない。この連れ合いの叔父、たる人物を、おそらくは、ほかでもないわたしが、今後供養していくことになる、という人生の不思議、について書いておきたいのだ。

叔父のことは、今は気持ちの上では連れ合いが中心になって供養しているのだが、わたしが連れ合いより長生きすれば、叔父を供養するのは、わたし、ということになる。「うちの墓」におられるし。人の生き死にはわからないけれど、連れ合いはわたしより十一年上だし、女のほうが平均余命、長いし、おそらく、わたしのほうが長く生きそうに見える。その場合、叔父を供養するのは、わたしになるのだ。

叔父さん、おせっかいだと思われましょう。数回、親戚の集まりで会った程度で、お互いの人生など語ったこともない、こんな、ほとんど見ず知らずの、「よその女」に供養されるなんて、思ってもいなかったことでしょう。親密な肉体関係も、精神的な関係も、家族関係も、数多の女性と築いてきたというのに、こともあろうに、あなたは、こんな知らない女に死後、供養されてしまうという不思議。それをやっちゃおうと思っている、わたしのおせっかい。

人との関係は、生きているときだけではなく、死んでからもつくり上げられ、続くのである。おもてむきの供養は男がやっても、日々の祈りをささげ、思いをいたすのは、女の仕事である。

世界中の女性たちがこうやって、親密な親族、会ったこともない先祖、縁のうすい親戚、なんだかそこに連なるあれこれの人、のことを記憶し、悼み、思いを次世代に継いでいたのであろう。

その流れにまた、わたしも連なりたい、と思っているのである。

追記：二〇一五年に連れ合いは亡くなり、わたしは実際にこの叔父を供養することになった。

形式

団塊の世代は、一九五八年生まれのわたしにとって十歳か、もうちょっと上のお兄さん、お姉さんたちであった。既存の儀礼や儀式や権威を否定し、全部理屈で片づけようとし、ジーパンはいたり、学生運動やったり、ギター弾いたり、髪の毛伸ばしたりしている彼らは、子どもから見て「カッコよかった」。

何でも真似しようと思ったから、団塊の世代がローラーをかけたあとの、雑草も生えないような世界に放り出されても、文句を言う気にもなれなかった。おまえらは、覇気《はき》がない、やる気がない、アホだ、しらけている、保守化している、とか散々なことをこの世代に言われてきたが、お兄さん、お姉さんに憧れたわたしたちは、彼らを批判するすべなどもたなかったし、批判に足る理論武装ができるほど、頭も良くなかった。

入学式、卒業式、結婚式など、すべての権威的な形式をバカにしていた彼らだったから、彼らを見て育ったわたしは、結婚はしても、結婚式をやったことはない。女子大の教師になって、義理堅い卒業生たちが結婚式にまねいてくれるようになり、いそいそと出席するようになって、新郎新婦の親たちがうれしそうになさっているのを見て、自分が親に対してやった申し訳ないことに恐縮する。お父さん、お母さん、娘の結婚式くらい出たかったでしょうに。ごめんなさい。

人間、それなりに年を取ってくると、時間をかけてつくり上げられてきた「形式」というものはそれなりに合理的な理由もあるのだ、ということがわかってくる。

形式をこわすことはなんでもないけれど、形式にそってやっていると楽なことも多い。「式」というのは、式をされる当事者たちは、日常よりも複雑で嵐のような感情に包まれているものだから、それが喜ばしいものであっても悲しいものであっても、当人たちにあまりしゃべらせないほうがよい。まわりが淡々と進めてあげるほうがよいのだ。

形にこだわらず、自分たちで進行し、自分たちの言葉で行う、それはそれですてきな結婚式に出たことがあるが、花嫁は途中で感極まってしゃべれなくなってしまい、気の毒だった。花嫁はきれいにしてそこにすわっていればいい、というのはそれなりに理由があるわけだ。伝統がすべてよきものであるはずもないが、その中には、時間を経て形にされてきた忘れないほうがよいものもある。

このように考えることを、「保守化する」と言う。まともな保守などいない日本の政治とは別の次元の話だ。

人間、新しいものや、破壊や革命にはいつも憧れるけれど、人間というのは所詮だらしないものであるから、それらの「革新的発想」は長続きしない。飽きたり、自制心の足りなさのために内部から崩壊したりする。だからそんな革命的高揚に身をまかせるより、人間が長い間ずっと大切にしてきたことのほうに、真実があるだろう、という一歩引いた態度が「保守」なのだ。

それでもあらゆる変革にはいまだ憧れてしまうし、人間はいつか理想郷をつくり上げられるのではないか、という幻想からものがれられないから、偉そうなことは言えないのであるが。

ともあれ、「なんとか式」、というものは、すべてやらなくてもいい、と考えておられた団塊世代の方々だから、もちろん、彼らが死にそうな年齢、および彼らの親が死んで彼らが喪主をつとめる年代になってくると、当然、「葬式はいらない」、というのが話題になり始めた。

誰かが亡くなると近所の人たちが集まって淡々と準備を整え、男は男の仕事をし、女は女の仕事をし、死人を出した家の人にはなるべく負担がかからないように、まわりがすべて整えて自宅で葬儀をして、野辺の送りをする、という葬式が、地方ではまだ残っているかもしれないが、都市部ではほとんどそういう仕事は近所の人の働きから、葬儀社の仕事となっていった。

葬儀社はこういうことを亡くなった人、およびその家族の希望にそってビジネスとして行っていくのであるから、もちろん、伝統の形式よりも、「個人の思い」「家族の思い」が形にされていくようになる。「葬式はいらない」と思っている人たちのために、葬儀社は今ではどのような相談にものってくれる。お坊さんを呼ばず、弔問客を受けない「家族葬」はごく普通のやり方になりつつあるし、焼き場でそのまま葬儀をすませるような簡単な形式も人気があるようだ。

葬式はいらないと考えるくらいだから、もちろん、位牌《いはい》もいらないと言う。戒名なんか何十万も出して坊主につけてもらうのはいやだ、と言う。故人が違う名前になってしまうのはいやだし、お金もかかるし仏教の信心もしていないのに戒名などいらないと言う。

だからといって供養など何もしたくないのか、というとそうではなく、「骨は海に撒《ま》いてほしい」とか、「しのぶ会」はやってもらいたい、とか、言う。それだって立派な供養なのだ。何らかの形で供養はして、思い出してはもらいたい、と、皆、思っては、いる。

戒名も位牌もいらないので、写真を飾っておけばいい、思い出になるものがあればいい、というわけで、死後は仏壇に位牌、のかわりに写真などを飾る。

最初に書いたけど、わたしたち団塊の世代から遅れること十年の世代は何でも団塊の世代のやっていることを真似してみたいと思う。彼らのやる合理的なことに理由もあると思っている。だから、やってみた。亡くなった人の写真を飾って供養する。朝にお水をあげ、お茶をあげ、線香をあげて、手を合わせる。夜にはお水とお茶をひきあげ、また、線香をあげて、手を合わせる。

しかし、あるとき、思い始めた。写真、はあんまりよくないんじゃないのか？

そこに写っているイメージにとらわれすぎる。もちろん人間が供養、という形をとり始めたころ、当然、写真はなかった。だから写真がよくないというのではない。写真がなかった昔がよい、と言っているわけではないのだ。写真に向かって手を合わせていると、そのイメージにとらわれすぎる。その人の実に多様な表情や、ありようや、仕草がだんだん浮かばなくなり、朝に晩にながめる写真のイメージが妙に定着しがちになる。

また、リアルな写真に向かっておがんでいると、ついつい、現世的な利益について祈ることになりやすい。誰々が元気でいるように、とか、あれこれがうまくいきますように、とか、自分自身をみまもってほしい、とか……そういう現世的あるいは利己的な利得をめざして祈ることになりやすい。そんなことを祈ったり、祈ろうとしている自分を、浅ましく感じるようになってきた。

祈る、ということは、自分より大きな何かに身を委ねることである。

具体的な現世の名前ではない戒名とか、写真ではなく何のイメージもない位牌とか、現世利得をとなえるのではない、お経とか、お祈りとか、型にはまったもののなかにこそ、無限の豊かさもあるのだ。

祈りはみかえりを求めず、ひたすら自分を何かに委ねるものであるからこそ、祈るものに平安をもたらす。

戒名にも、位牌にも、お経にも、「なにもわかっていない現世利得ばかり考えるわれわれ」をいさめるような、人間の知恵がつまっているように見えてきた。

写真に向かって祈る、は、やっぱりちょっと違うんじゃないかなあ、と思う人のためには、まあ、鎌倉時代以降広く人口に膾炙《かいしや》した「お寺さん」に訊いてみる、という方法がこの国にはまだ残っていることが、ありがたいことに見えてきた。

FGM

友人がスーダンから帰ってきた。わたしは長く「国際保健」の仕事をしてきたので、こういう国から帰ってくる知り合いが多いのである。アフリカとはいえ、「アラブの一国」としてのアイデンティティがあるというスーダン。写真に写る背の高い男と女が白い服に身を包んでいる姿は実に美しい。友人は平和構築プロジェクトの中の、母性保健分野を四年間担当して、日本に帰ってきた。

女性性器切除、という風習がある。

もともと女子割礼《かつれい》、と言われていたが、女子割礼、という言葉に含まれる「儀礼性」ではなく、その健康被害と女子への虐待という意味合いを込めて、九〇年代から、FGM(Female Genital Mutilation：女性性器切除)、と言われるようになったのである。幼い女の子の女性性器を切除する。クリトリスだけ取ってしまうところから、クリトリスから小陰唇、大陰唇をぜんぶ取ってしまい、あとは縫い合わせて、おしっこと経血のみが出るような穴をあけるようなものまでいろいろある。

なんと野蛮な、女性の人権無視である、女性の大きな健康被害である、こんなことを許してておいてよいはずがない、と国際保健コミュニティーはもちろん鋭く反応していて、だから、「女性割礼」と言わず「女性性器切除」という言い方になっているのだ。

健康被害、という意味において、FGMによいところなどなにもないことは言うまでもない。年端《としは》もいかない幼い少女にこんな危ないことをして、精神的なショックのみならず、衛生的ではない環境で行われることにより、感染症で命を落としてしまうことだってある。縫い合わせて小さな穴だけあいていることによる日々の生活の上での不快さも、トラブルも、想像にあまりある。

結婚するときには、結婚相手がその「穴」を性行為可能な程度に切る、という「儀礼」があり、その「儀礼」が彼を男にするのだ、とかなんだとか。もちろんそこでの感染症の危険も精神的ショックも、いかほどのものか。

そして、出産。小さな穴から出産できるはずもないので、出産のたびにメスを入れ「入り口」をひらき、そして出産後にまた、縫い合わせる。再び出産するときには、また、切り、出産が終わったら、縫う。再度、感染症の危険。精神的な打撃、そして、出血。世界の妊産婦死亡の多くは予防可能である死亡であることが多いのだが、このような出産が行われていては、妊産婦死亡率をいくら国連が「ミレニアム開発目標」を立てて十五年で三分の二に減らそうとしても、それは不可能な相談である。「自然な出産」など、ありえないのだ。切らなければ産めないのだから。

スーダンは、このFGMをした女性が最も多い、と言われている国である。しかも先述した「全部切り取ってしまって、小さな穴だけをあける」、最も激しい形のFGMが行われている。公式発表では八割弱の女性たちがFGMを施されているということらしいが、先述のスーダン帰りの友人によると「ほぼ一〇〇パーセントと言っていい」と言えるほど行われているらしい。

彼女は国際保健ワーカーで、出産の安全性を高める仕事もしていたから、FGMを施された女性が安全に出産できるようにするための医療関係者向けのマニュアルなどをつくっていた。だから、現場の状況はよくわかっているのだ。もちろん彼女はFGMに大反対ではあるのだが、「それでもまったくなくなりそうにない」。

若い母親たちの中には、幼い娘にFGMなどさせたくない、と思っている人もいるらしいが、彼女たちが娘にさせたくなくても、おばあちゃんとか親戚のおばちゃんとかが、こっそり母親のいないときに、娘にFGMをさせてしまったりするというのだ。FGMをしていない女性は結婚することができないから。ＦＧＭをしないで成人したりすると、結婚するときになって、あらためてやらなければならないこともあったりするから、と。

国中で一応、ＦＧＭ廃止のキャンペーンは行われているが、スーダンでは、都市部以外は、テレビもラジオもなく、そういった情報からは隔絶されているところに生きている人たちがほとんどだから、ＦＧＭ廃止のための情報などは届くはずもなく、「今までずっとやっていて当たり前だったから今やらない、ということはありえない」という発想で続いているらしい。

新婚旅行のメッカであるようなホテルでは、夜中にものすごい女性の叫び声が聞こえることが、在スーダン日本人社会では時折話題になるらしいし、出産のたびに切ったり縫ったりすることの弊害は枚挙にいとまがない。

「それでも……」と、スーダンから帰ってきた彼女は言うのだ。

男と女はすごく仲がいいんです。スーダンにあるきれいな形の山のふもとのリゾート地は新婚旅行で人気があるところなんですけど、夜にはそんなに叫ぶようなこと（ようするにナイフで切る？）をしているというのに、朝は新婚夫婦二人でものすごく幸せそうに手を取り合ってリゾート地を歩いているのです。いったいどうなっているのか、わたしにもわかりませんけど。男の人はとても女の人を大事にしているし、女たちも男たちが大好き。助産師さんとか女たちが何人か集まるとけっこう猥談《わいだん》になったりして、屈託がない。それにね、切ったり縫ったりしなければならないのに、なんであんなにどんどん子どもを産むのか。無理矢理産まされているとも思えません。うれしそうにしているし。それにね、彼女たち、すぐ妊娠するんですよ。結婚すると十カ月後には子どもが生まれていることが多いし、ご主人が仕事でいなくて、年に一回くらいしか帰ってこない人でも、帰ってきたあとには妊娠している。

伝統的助産師のトレーニングを行い、何人もの女性が参加するような場では、無事トレーニングが終了すると、彼女たちは、歓喜の叫び声をあげて喜びをあらわして、みんなで唄い踊るんです。いったいなんであんなにエネルギーがあるのか。女の底力を見せられる気がする。

ＦＧＭを施されていて、性と生殖に関する生活に、信じられないくらいの不都合があるだろうに、このたくましさと明るさと男を愛する力はどうだ。彼女はスーダンでの四年を終えて日本に帰ってきて、なんとなく片づかない思いでいるという。

自然な出産はおろか、自然な妊娠もなかなかできなくなっていて、不妊治療ばかりが盛況な日本。どう考えても女たちは妊娠しにくくなっているようである。だいたい男と女があんまり仲良くない。結婚する人もどんどん減っているし、それでは結婚しないけれども性活動が盛んかと言えば、それもあやしく、パートナーのいる人にもいない人にも蔓延《まんえん》する、おそろしいばかりのセックスレス状況。

スーダンの四年を終えて帰ってきた彼女には、日本には、男と女の文字どおり砂漠のような風景が広がって見えるらしい。

日本にいると、ＦＧＭなどの悪しき風習への反応はすごく鋭い。もちろんやめたほうがいいし、やめることへのキャンペーンもされるべきだ。しかし、わたしたちは本当は、よその国のことを心配している場合ではないのではないか。男と女の間の豊かさ、性と生殖に関わる喜びの生活、についてなにもわかっていないのはわたしたちのほうではないのか。

いったいわたしたちはなにを得て、なにを失ったのだったか。

もう今となってはひとつひとつ検証することは不可能のように見えるけれども、女たちがよろこびに叫び声をあげ、唄い踊るようなアメノウズメたちの国であった記憶も、わたしたちの遺伝子には残っているはずではないか、と考えはするのであるが。

ＬＧＢＴ

東京都・渋谷区では、同性パートナーシップ条例ができて、同性同士のパートナーシップに結婚に相当する権利が与えられるようになった。アメリカの全州でも同性婚が認められるようになった、というニュースも流れてきた。世界の流れであり、この動きはいっそう進むと思う。

今までＬＧＢＴなんて何の興味もなさそうだった人も、レインボーフラッグなど掲げていたりし始めて、これはたいへんけっこうなことである。国内外の数多の同性カップルの友人たちの具体的な顔が思い浮かび、彼ら、彼女らの生活しにくさが減っていくだろうと思うと、うれしい。

もう十年ぐらい前になるだろうか。いわゆるゲイで、活発に発言しておられた方のおひとりの話を個人的に耳にする機会があった。ゲイである、レズビアンである、バイセクシュアルである、トランスジェンダーである。それらは、性的志向の表明である。自らの性的志向がマジョリティーであるヘテロの、すなわち、異性間性的志向とは違う、ということである。

しかし、最近、そのマジョリティーであるはずのヘテロの人たちの性的志向がなんだかどんどん希薄になってきているような気がする。男女間で欲望して、その果てに生殖につながる（ことも少なくない）、ヘテロの性。それがほんらいマジョリティーたる人の性的ビヘイビアーだったはずだが、どうもそのマジョリティーであるはずの人たちで、セクシュアルに振る舞ってはいない人が増えてきているのではないか。

そうなると、〝性的マイノリティー〟である、ということは、少なくともセクシュアルなことを自らにとっては大切なこととしている、ということの表明になり、違った意味で、〝浮いて〟しまうのではないか……。

そんなふうに、言っておられた。細かいニュアンスは違っているかもしれないが、だいたいそういう内容だったのだ。この話を聞いた十年くらい前、〝日本のセックスレス〟はそんなにまだ話題になっては、いなかった。

当時、彼の問題提起をわたしは非常に重いものと受け止めた。それからそれ以上の話をご本人から聞く機会もなかったが、危惧はいよいよ現実のものとなってきているのではないか。同性婚やパートナーシップが認められていくことと裏腹に、性、という人間の根幹が崩れていっているのではないか、と感じるからである。

わかりにくいかもしれないから、説明を試みる。

公式な文書等ではすでに「性的マイノリティー」という表現はどんどんなくなっているようではあるが、いわゆるゲイ、レズビアン、バイセクシュアル、トランスジェンダーなど、何らかの意味において「性」が非典型である人たちを性的マイノリティーと呼んできた。非典型と言うからには、「性」の「典型」があるわけで、「典型」が、すなわちマジョリティーである。

「性」において、マジョリティーとは、異性間、男と女の間のことである。なぜこちらがマジョリティーかと言えば、人間が生物であるかぎり、生殖活動を行って次の世代を残す、ということからは逃れられないからである。生物であるかぎり、自分の生のみで完結するのではなく、次世代を残したい、という欲望を持つことからは、完全に自由ではいられない。自分が死んだ後も、この種が続いていく、ということを期待して生きざるをえない。

動物ドキュメンタリーで見るような、雪嵐の中、ただ、じっと卵を抱いて立ち続けるペンギンの姿や、餌を求めて狩りに出るライオンの姿や、必死で川をのぼってくる鮭の姿も、ただ、次世代を残そうとする、切ないまでの行動なのである。

われわれもまた、その切なさから自由ではない。

わたしたちの多くは、切なく異性を求める。なぜこの人でなくてはならないのか。世界中にこんなにたくさん男はいるのに、なぜこの男のことにわたしはこんなにふりまわされるのか。なぜこの人の行動のひとつひとつが気になり、言葉のひとつひとつに感情をかき乱されるのか。なぜこの人のことを何でも知りたいと思い、何でも分かち合いたいと思い、この人の寝顔をずっと見ていたい、と願うのか。なぜ、この女でなければならないのか。性格も悪いし、すぐにすねるし、しつこいし、しかし他の女は目に入らない。この女を幸せにするなら何でもしたいし、目覚めたら傍らに眠っていてほしい。

理不尽な男と女の求愛行動は、次世代を残そうとする本能にかなりの部分ドライブされているのであろう。その切なさは、なんだかどこかが相手に似ている赤ん坊が生まれたりするとその笑顔の輝きで、一瞬忘れさせられたりするのである。

その切なさを生活、という実態におきかえて日々をより美しく生きていくために、人間は結婚したり、家族をつくったりしてきたのであろう。

世界中で多くの男と女はそんなふうに生きてきた。それがマジョリティーと呼ばれる、

「性」の「典型」であったのだ。そこが安定していると、すなわち、男と女が安定した性のパートナーを得て、それなりに暮らせていると、身近な世界はおおよそ平穏であることを人類は学んできていたのだと思う。

今、この国では、そのように「男と女が出会い」、「結婚」などをして（あるいは同棲をして）、次世代を産み育てる、ということのハードルがあまりに高くなってきている。妙齢の男と女が自分たちで相手を探さなくても、出会いの機会があるように、おせっかいをやいていた近所のおばさんとか会社の上司、といった類いの大人は、消えて久しいし、エネルギーのありそうな女ほど結婚なんかしなくていい、仕事に生きればいい、と言っているし、せっかく出会って二人で住んでも、子どもはいらないと言うし。

独身男女の数は統計上もおそろしい勢いで増えている。安定した性的パートナーを持たずに、ひとりで人生を生きていく。それはとりもなおさずマジョリティーであるヘテロの人たちの少なからぬ数が「性的」には生きられない、ということを意味する。

最も危惧しているのは「性」が特別なことになること。相手を見つけるのがここまでたいへんで、結婚、という形をみんながとることができなくなれば、「性」はすべての人のものではなくなり、相手を見つけることができたラッキーな人だけのものになりかねない。そうなってしまえばLGBTはあらたな差別と奇異の目にさらされる。

今までわたしは女性性とか出産とかに関して発言してきたから、「女性が産むことばかり言うと産めない人が差別される」とか「女性性を強調すると多様なセクシュアリティーを否定する」とか批判されてきたけれど、再度言っておきたい。

この性と生殖の「人間が産んで増えて死ぬ」ことの基本が担保されているからこそ、多様性も認められるのだ。

マジョリティーの男女がセックスレスになり、結婚することのハードルがあまりに高くなり、子どもも産まなくなったり、産めなくなったりしてくると、「性」を大切なものとして生きる、という人間の根幹が疑われるようになり、セクシュアルマイノリティーであることの発言が、「自らが性的であること」の特別な表明になってしまうのだ。

わたしたちは、人類がたどったこともない、おそろしい時代を生きようとしているのではないのか。

男と女は、もっと愛し合いたい。

夜は怖いもの

はっきりと覚えていることがある。八歳のころだったと思う。

母と昼間、なにかを買いに商店街に、行った。なにを買いに行ったのだったかさえ、覚えていない。阪神大震災で大きな被害を受け、その姿を変えてしまった、西宮商店街で、買ったのだ。家からこの商店街まで歩いていっても三十分もかからないような距離にわたしたちは住んでいたのだが、母とわたしは、いつもバスで出かけた。家から数分歩いたところにあるバス停から阪神バスが出ている。そのバスに乗って阪神西宮駅まで行くのだ。そして商店街に行く。

わたしと母のとっておきのお出かけの場所だった。本屋があり、文房具屋があり、フライ（揚げ物）を売っている店があり、うなぎを買える店があり、小動物を売っている店があり、金物屋があり、小さなおもちゃ屋があった。村上春樹さんのエッセイで、彼も小学校のころ、この西宮商店街でプラモを買ったり本を買ったりしていた、と書いていらした。通っていた公立図書館も同じで、春樹さんの大ファンのわたしは、図書館の同じ本の図書カードに名前を一緒に連ねていたこともあったのではないか、と想像して、ドキドキしたりしてしまったものだ。

とにかく、あるとき、その商店街で母となにかを買い、そして、家に帰ってから、なにか不具合に気づいて、母と二人でその品物を返しに行くことになった。なにを買ったのか覚えていないのは、買ったものが問題ではなく、返しに行った時間のことだけが、わたしの記憶に色濃く残っているからだ。

母とわたしはどうしてもその品物をその日のうちに交換しなければならなかったらしく、暗くなってから、もう一度、商店街に出ることになった。そんなことは初めてのことだった。夜、母と家を出てどこかに行く、などということをしたことはなかった。母と二人で用事を終え、家に帰ってきたのは夜八時を過ぎていた。真っ暗で、本当に怖かった。

八歳のわたしには、そんな経験がなかった。わたしの毎日は、日没とともに終わり、夜は家を出るものではなかった。暗くなる直前の逢魔時《おうまがとき》も怖いもので、さっさと家に帰らねばならなかった。そして、子どもは暗くなったら、夜、家で寝るものだった。

田舎に住んでいたわけではなく、電車で大阪にも神戸にも二十分かからないような町に住んでいたのに、たいそう、闇が怖かったのだ。夜、外出することなど考えられず、夜、外出すると怖いことがあるにちがいないと思い込んでいた。母と夜八時ごろになって、本当にどきどきしながら、ああ、無事に家に帰れてよかった、と胸をなでおろしたのだ。五十年前のことである。

母は、ごく普通の専業主婦で、父は高度成長期のモーレツサラリーマン（死語）で、単身赴任を続け、家に寄り付かなかった。十三歳下の妹が生まれるまで、わたしは母と二人でぼんやりと過ごしていた。

母はいつも家にいて、家事をして、洋服をつくって、編み物をしていた。料理をつくるのはさほど好きではなかったらしいが、朝、昼、夜、食事を彼女がつくらない、ということは、一切、なかった。毎食毎食、彼女は何かをつくり続けた。わたしも当たり前のように母のつくってくれたものを食べ、外食する、とか、店屋物《てんやもの》をとる、とかいうこと自体も、知らなかった。

いや、それは本当ではない、外食は、したことがある。父が家に帰ってきたとき、家族三人で年に数回くらいだろうか、神戸に出かけて、焼肉や冷麺を食べたり、中華料理を食べたりした覚えはある。それはものすごく特別な出来事だった。母と二人で近所で外食など、決してしたことがなかった。母は、とても堅実で倹約家だったので、そんなことでお金を浪費したくない人であったし、「母親は家でご飯をつくるもの」だと思っていた人なので、はなから、わたしを連れてどこかに食事をしに行く、などということは彼女の脳裏に浮かばなかったのであろう。

そんな母に育てられ、また、わたしはただ内向的な子どもだった。幼いころから友だちがほとんどおらず、家でずっと本を読んだり、何か書いたり、絵を描いたりするような子だった。ずっと家にいる母と、ずっと家にいる娘で、ずっと家でご飯を食べていた。

日々、朝起きて、おそらくはいやいやながら学校に行って、帰ってきて、夕方にご飯を食べて、雨戸を閉めて、お風呂に入って寝るのがわたしの生活で、夜出て行くところなど、ありはしなかった。

だから、母と夜暗くなって出かけることは、たいそう恐ろしいことだったのだ。母の手をしっかり握って、家に帰り着くまでどきどきしていたのである。母と二人でさえ怖いのに、一人で出かけることなど言語道断《ごんごどうだん》。夜に塾やお稽古事に行くなど、想像だにできなかった。子どもは家にいるもの、であったのだ。

思えば、たかだか、夜八時である。今では考えられない。母よりずっとだらしないわたしは、昼間仕事をしていることを理由に、自分の子どもたちが小学校のころでも、子どもを連れて夜に買い物に出かけたりしたし、時折、近所のロイヤルホストに子どもたちを連れて家族で外食しに行ったりしたし、そして子どもたちは、塾だ、お稽古事だ、と夜に出かけていた。送り迎えはしていたが、彼らは夜に出かけていたのだ。

いつごろから、親は子どもたちに日が暮れた後も出かけるのを許すようになり、子どもたちもまた、怖がらずに出かけるようになったのか。今は、夜暗くなってからも、街のそこここに子どもたちの姿があり、親と連れだっている姿もあり、塾帰りの姿もある。あまりに普通の出来事になってしまった。

わたしは母が二十代前半の子どもである。叔母やいとこたちによると、わたしはまるで、母のお人形のようだった、という。わたしの髪はまっすぐなのだが、二歳になるやならずのころ、パーマをかけてもらっていたそうで、くるくるした髪で写真に収まっている。本当にお人形のようである。よくもまあ、そんな小さい子どもがおとなしくパーマをかけられていたものだと思うが。わたしは実におとなしい、聞き分けがよい子どもであったらしい。

結婚してから専業主婦となった母は、どうやら専業主婦、ということがおもしろくなかったようで、もの心ついたころのわたしに、本当は美容師になりたかったのに、なれなかった、と言っていたものだし、わたしに対しても、結婚しても何もいいことはない、あなたは仕事を持って、お金を稼いで、自分で好きなように生きていくのがいいのだ、と言い続けていた。

母は決して教育ママではなく、というか、教育ママというのがどういうものかも知らないような人だったので、わたしは勉強しろ、と母に言われたことがない。「勉強していい学校に行く」というエトスからは遠い、ごく、普通の庶民の暮らしだったわけである。

わたしはそのうち、そんなふうに、専業主婦であることが不満で、父と折り合いがよくなくて、自分自身がお世辞にも幸せそうには生きていない母と、あまりうまくいかなくなった。わたしは母の願うとおり、仕事を持つ女になったが、結婚したり離婚したり外国に行って帰ってこなくなったり、母の想定からは大きく外れるようになって、わたしは「母がやれなかったこと」をどんどんやっている、母にとっておもしろくない存在になっていることを直感で感じるようになった。わたしが大人になってからの母とわたしは親密な関係ではなかった。

しかし、還暦前の今、わたしがただ思い出すのは、この八歳の夜のような思い出だ。夜にどこにも出かけなくても良いような、ご飯時になると、いつもわたしのためにつくられたご飯が用意されているような、そんな子ども時代を、わたしは、母からもらった。

闇が怖いような八歳でいられたのは、母のおかげだったのだ。長い、親密でなかった時を経て、今はただ、母が懐かしい。あの夜に握っていた母の手の温もりが、ただ、懐かしい。

子どもが子どもでいられるのは、ただ、親のおかげなのだ、と、それだけを気づくのに五十年もかかるわたしの愚かさよ。母よ、わたしを許してください、と、母から遠く、わたしは小さくなっているのである。

うすうす、気づいていた。女たちが、なにか、おかしい、ということ。

言いたくないけど、フェミニズムと某大手新聞社系週刊誌にあおられた「女の自己実現イデオロギー」と、家事と子育てと人の面倒を見ることへの忌避《いひ》。もちろん女をいじめたり、女に暴力を振るったり、女に都合の悪いことを全部押しつけたりしていいはずはない。どんなイデオロギーの持ち主だろうが、そんなことをする人は、単なる人でなしである。そういう話ではない。

近代社会のつくり上げた「公的」な部分、つまりは、政治とか経済とか、そういう部分で、選挙権を持ったり、経済活動に参加していくことは、もちろん大切なことである。しかし、だからといって、すべての女性が（実は、人間は、だが）その公的な部分で社会的評価を受けなければならないとか、社会的評価なしには生きている価値がないとか、そんなはずはないのだが、実は、みごとにそうなっている。

恋愛をして、男と一緒に住み始め、男と日々、暮らし始めた女がまず気にするのは「わたしはこの人と一緒に住んでいることで〝わたしらしさ〟を失っているんじゃないかしら、わたしはわたしの人生を生きていなければならないのに、できてないいんじゃないかしら、それができないようだったら、別れたほうがいいんだわ」ということであるらしい。

男と一緒に暮らし始めても、「わたしはわたしらしく」、つまりは、自分が金を儲けることとか、自分が男とは関係ないところで評価を受けるとか、自分の趣味を生かして生き生きと人間関係をつくっていく、とか、そういうことができないと、「自分の存在価値はない」と思ってしまうらしい。

「わたしがわたしらしく」というのは、愛する人を支える、とか、大好きな人のそばにいてうれしい、とか、この人と家族をつくっていくことが楽しくてたまらない、とか、誰かと一緒に住むことで、家族とか先祖が増えてうれしいな、とかいうような文脈では、決してないのだ。

「わたしがわたしらしく」生きていくとは、金銭の受け取りを中心とする他人からの社会的評価のことなんである。実現する自己をもっていないといけないわけである。いわゆる「自己実現イデオロギー」。

そして、男も女も、ふたりとも総合職とかでバリバリ働いていた場合で、女性のほうが仕事を辞めてしまった場合、「わたしはがまんして仕事を辞めたのに、あなたのほうはずっと続けていて、それは、ずるい」ということになるらしい。

どちらが辞めてもいいのだけど、と、男女で話し合っていたが、まあ、女のほうが譲歩して、自分の道をあきらめたから、その時点で、二人の間の「ポイント」は女性側についている、まあ、簡単に言えば、男の側が女に仕事を辞めさせた時点で「減点！」がつくらしい。

どう考えても、外で働かないで、仕事を辞めて家にいることになったら、そっちのほうが楽に決まっているのだが、「わたしのほうががまんして仕事を辞めているのだから、あなたがわたしに負い目を感じて当たり前、あなたがわたしに尽くして当たり前」と、どこをどう押せばそういう考えになるのか理解できないのだが、少なからぬケースでそうなっているらしい。

「家にいて孤立することがつらい」「社会と関わっていないことがストレス」って、みんなそういう言い方を受け入れていますが、なにかおかしいよ。満員電車に乗らないですむだけ、家にいられるっていいんじゃないのか。

いまどきの男性は、「優しくて、家事も平等にできて子育てにも参画できるように」、という、その母親たちの願い（「呪い」、と言いかえてもかまわないが）とともに育てられてきたから、仕事を辞めた妻に対して、実に優しい。

妻の言うように「本当は仕事ができるきみは僕のために仕事を辞めなければいけなかったのだから」と、負い目に感じてせっせと会社から帰って掃除機かけたり、お皿洗ったりするのである。ご苦労様なことである。


とにかく女性たちは仕事を辞めて家にいると、「損した」と感じているのである。

でもそれって、経済学の理論どおりだなあ。仕事をしている女性たちはよい給料を得ているから家事や妊娠、出産、子育てによって失ってしまう「機会費用」が高い。そんなに多くの「得られるかもしれないカネ」を失ってるから、機嫌が悪いのである。

ああ、わたしたちは、皆、ホモ・エコノミクス。

ノーベル経済学賞を取ったアマルティア・センは、従来の経済学が想定する自分の利益だけを考えて行動するようなホモ・エコノミクスを、合理的な愚かもの、と呼び、人々の行動は、利己的な動機に支えられているのではなくて、もっと倫理的な思考や道徳的な価値に動機付けられている存在だ、と言ったんですけどね……。

そういう「機会費用」を失った機嫌の悪さが、家庭内ではどのような態度としてあらわれるかというと、まず、家事をやらない。「仕事や社会的評価をわたしはがまんして、家にいる。あなたは、それをあきらめないで、外で働き続けている。そんなの、ずるい。あなたは好きなことをやり続けている上、それ以上、わたしに家で、わたしがやりたくない家事をわたしにやれと言うの。そんなのひどい、わたしはやらない」と、まあ、こうなるのである。

だから、食事をつくらない。男の人が一日外で仕事をして帰ってきても、ご飯とか、できてない。「なんで、わたしがつくらなくちゃいけないの?」。つくっても一円にもならないから、つくる必要ないんです。家が掃除してなくても平気。

子どもができるともっとエスカレートする。

家で子どもの世話だけしているわたしは密室育児のストレスと社会に関われない不満でいっぱいで、子どもを虐待しかねない。だから会社で働くあなたももっともっと子育てに参加しなければならない。会社に行く前に保育所に子どもを預けに行ってほしいし、ブリーフケースを置いたら、まずは子どもをお風呂に入れてほしい。わたしだけが損するなんて、フェアじゃないですから。

先日講演会においでくださっていた八十代の女性が、「わたしの母は、男の人は家を出たら外に七人の敵がいるのだから、家に帰ったら心から安心できるようにしてあげなさいよ」と言われて育ったのだ、とおっしゃっていた。

会場の若いお母さんたちは、なんだかそんな言葉は、聞いたこともなくて、びっくりしているように見えた。わたしだってびっくりするくらいの言葉だったから。

家族の安寧への祈りと献身、は死語である。確かに、女たちの「銃後《じゅうご》の祈り」が数多の男たちを国のためにあの戦争で死なせた。その反省から、戦後民主主義のもと、女たちは祈ることと自体を捨ててしまった。滅私奉公と家族への献身は同義であると理解し、「人が見えないところでわたしが支える」ことがあらためて機会費用を減少させる、と考えるようになった。

悪いけどこういった態度がどれほど日本の男たちの足をひっぱってきたか、子どもたちをしんどくさせていった可能性があるか、もう、言うのも疲れるが、自戒をこめて言わねばならないのが、おせっかいおばさんの仕事かとも思う。

女たちよ、愛する力をとり戻そう。愛と祈りは女の仕事だ。

男は、わたしたちなしには幸せになれない。そして、わたしたちも男なしには幸せにはなれない。古今東西、ずっとそうだったし、これからもだいたい、そうである。「対《つい》」の幸せが、やっぱり幸せの基本である。いつかみんなひとりになる、だから、「対」を大切にしなくていい、というわけでは、決してないはずなのである。

あとがき

還暦前の女になってしまった。還暦前であるから、当然、生殖期も過ぎた。男の子を二人産んだが、どちらも成人して、わたしの手の内には、いない。親とか義理の親も、看取ってきたし、配偶者も看取った。過去三十年は、当の家族たちはどう思っているか知らないが、わたしにとっては家族生活に捧げてきた三十年だった。まず、わたしには面倒を見るべき家族があり、子どもがあり、老いた人があり、病んだ人がいた。お金が足りないから仕事もいつもしていた。時間はいつも、やっぱり、足りない、と思っていた。

ふと夜中に目覚めることがある。わたしにはもう、ママ……とわたしを起こす子どももおらず、かたわらに眠る配偶者もおらず、「時計の中に虫がいる」と言って起こしにくる父親もいない。みんな、もう、違うフェーズに行ってしまったのだ。過ぎてしまえば、どんな小さなことでさえなつかしく愛《いと》おしい。彼らが別のフェーズに行ったのだから、わたしも家族に頼らない新しいフェーズに行かねばならない。この本は、ミシマ社の「みんなのミシマガジン」に二〇一四年八月より毎月連載していた、「おせっかい宣言」を書籍化したものである。結果として、個人的には、そのようなトランジショナル・フェーズに書いた本、となった。

世間には、言わないでおいてもなんの問題もないが、ついつい口をはさんでしまうようなおせっかいな行動や言葉があり、そういうおせっかいな態度は、とりわけ、中年以降のおじさん、おばさんによるそのような態度は、ひところ、もういらない、と思われていた。団塊の世代以降、先の世代のおっしゃることをありがたく拝聴する、という態度は愛《め》でられなくなっていたのである。

しかしながら、「性と生殖」を専門分野としているわたしにとって、たとえば「結婚しているのに若い女の子とつき合い、いつかは君と結婚するよと言いながら、ずるずる妻と離婚もせず、若い子とつき合い続け、若い女の子だった女性が、気がついたらもう若くなくなって、生殖期を過ぎてしまう」ことなどについては、やはり黙っていられず、女の子にやめておきなさい、と口を出すのみならず、男性のほうにさえ、「あんた、いったいどういうつもりなの」みたいなことを申し上げては、煙《けむ》たがられていた。ご本人たちがよければそれでよいではないか、というリベラルな態度をわたしだってもちたいのだが、「大阪のおばちゃん」の血筋がついつい、わたしによけいなことを言わせるのである。チャーミングなミシマ社の編集さん、星野友里さんがわたしのそのような態度や言動を見聞きするに及び、「おせっかい宣言」という連載をしてみませんか、と言ってくださったのである。

書籍化するにあたって「おせっかい宣言」ではなにがおせっかいなのかわからない、ということで、『女たちが、なにか、おかしい』というタイトルになった。こんなタイトルにしてよかったのだろうか。女がおかしいって、いちばんおかしいのはおまえだろう、と言われるむきもあろうし、本人もおかしい、という自覚もある。お許しを乞う次第だが、でも今の女たちはやっぱり、自分を含めてなにかおかしい。この本をお読みくださったあなたは、同意くださるのではないか、と思っている。

すべてのプロセスを気持ちよくご担当くださった星野友里さん、志《こころざし》高い三島邦弘さんをはじめとするミシマ社の皆様、すてきなデザインをご提供くださった寄藤文平さんをはじめとする文平銀座の皆様に、心よりの御礼を申し上げたい。ありがとうございました。

二〇一六年十月　東京

三砂ちづる

三砂ちづる　みさご・ちづる

津田塾大学国際関係学科教授、作家。1958年、山口県生まれ。兵庫県西宮市で育つ。京都薬科大学卒業。ロンドン大学Ph.D.（疫学）。著書に『オニババ化する女たち』（光文社新書）、『月の小屋』（毎日新聞出版）、『女が女になること』（藤原書店）、共著に吉本ばなな氏との『女子の遺伝子』（亜紀書房）、渡辺京二氏との『女子学生、渡辺京二に会いにいく』（亜紀書房・文春文庫）、訳書にパウロ・フレイレ『新訳　被抑圧者の教育学』、編著に『赤ちゃんにおむつはいらない』（勁草書房）などがある。

本書は、「みんなのミシマガジン」（http://www.mishimaga.com/）に連載した「おせっかい宣言」（第1回～第29回）に書き下ろしを加え、加筆・再構成したものです。

女たちが、なにか、おかしい　おせっかい宣言

二〇一六年十二月五日　初版第一刷発行

著者　三砂ちづる
発行者　三島邦弘
発行所　(株)ミシマ社
〒一五二-〇〇三五 東京都目黒区自由が丘二-六-一三
電話　〇三-三七二四-五六一六
FAX　〇三-三七二四-五六一八
e-mail　hatena@mishimasha.com
URL　http://www.mishimasha.com/
振替　〇〇一六〇-一-三七二九七六

装丁　寄藤文平（文平銀座）
印刷・製本　(株)シナノ
組版　(有)エヴリ・シンク

ISBN: 978-4-903908-87-8